クライブ・カッスラー、グラント・ブラックウッド

アステカの秘密を暴け！ 上

ソフトバンク文庫

NV

LOST EMPIRE (vol.I)

by Clive Cussler with Grant Blackwood

Japanese translation published by arrangement with
Peter Lampack Agency, Inc.
551 Fifth Avenue, Suite 1613, New York, NY10176-0187 USA
through Tuttle-Mori Agency, Inc., Tokyo

主要登場人物

サム・ファーゴ……………………トレジャーハンター。元〈国防総省国防高等研究計画局〉（DARPA）のエンジニア

レミ・ファーゴ……………………トレジャーハンター。サムの妻。人類学、歴史学者

クワウトリ・ガルサ………………メキシコ連邦共和国大統領

イツトリ・リヴェラ………………ガルサのボディガード兼主任諜報員

ヤオトル
ノチトリ }……………………リヴェラの部下

アミダー・キレンベ………………タンザニアのダルエスサラーム大学図書館長

モートン・ブレイロック…………タンザニアの〈ブレイロック博物館および骨董店〉館長

エド・ミッチェル…………………辺境飛行士

ジュリアン・セヴァーソン………アメリカ国会図書館員

セルマ・ワンドラシュ……………ファーゴ財団調査チームのリーダー

ピーター・ジェフコート
ウェンディ・コーデン }…………同調査チームのスタッフ

ルービン（ルーブ）・ヘイウッド……CIA局員

プロローグ

一八六四年、イギリスのロンドン

ヨートゥンの呼び名で知られる男はある目的を胸に、夜明け前の霧のなかをずんずん大股で歩いていた。ピーコートの襟を立て、スカーフで喉と口をゆるく覆っている。吐き出された息が蒸気と化していた。

つと立ち止まり、耳を澄ませる。いまのは足音か？　顔を左に、そのあと右に向けた。前方のどこかからカツンと小さな音がした。玉石敷きの通りにブーツがたてた音だ。ヨートゥンは大柄な体に似合わない軽やかな動きですっと後ろに下がり、アーチ形の門をくぐった。コートのポケットに入れた手が鉛と革の棍棒をぎゅっと握りしめる。ティルベリーの横丁と裏通りが友好的な場所であったためしはない。日没から日の出まではなおさらだ。

「いまいましい街だ」ヨートゥンはうなるようにつぶやいた。「暗くて、湿っぽくて、寒いときた。まったく、勘弁してもらいたい」

妻が恋しい、母国が恋しい。だが、この土地はわたしを必要としている。少なくとも、上の人間はそう言った。もちろん彼らの判断は信頼しているが、いまの職務としかるべき戦場を交換できるなら喜んで赴くのに、と思うこともあった。少なくとも、戦場なら敵が誰かはわかるし、相手をどうすればいいかもわかる。殺《や》るか殺られるか。単純明快だ。それでも、妻は以前の配属よりいまのほうがいいと思っている。「近くで命を落とすより、遠くで生きていてくれるほうがいい」ヨートゥンが命令を受けたとき、妻はそう言った。

ヨートゥンはさらに何分か待ったが、ほかに何かが動く音はしなかった。懐中時計を見やる。三時半。一時間もすれば街は目覚めはじめる。獲物が逃げ出そうとするなら、その前だ。

通りにあと戻りし、また北へ向かって、マルタ・ロードへ出ると、そこから南に折れて波止場に向かった。遠くの浮標《ブイ》がガチャンとさびしげな音をたてた。テムズ川の悪臭がする。前方の霧の向こう、ドック・ロードの南東の角に、煙草を吸っている人影がおぼろに見えた。ヨートゥンが抜き足、差し足で通りを横切り、前へずんずん進んでいくと、角の様子がはっきりしてきた。男が一人なのはまちがいない。ヨートゥンは路地の入口へ戻り、小さく一度口笛を吹いた。男が振り向いた。ヨートゥンは親指の爪でマッチを擦り、つかのま燃え上がらせてから、親指と人差し指でもみ消した。男がヨートゥンに歩み寄る。

「おはようございます《モーニング》」

「朝かどうかには異論の余地があるな、ファンシー」

「仰《おつしや》るとおりです」ファンシーは道を見渡した。

「不安なのか?」と、ヨートゥンはたずねた。

「えっ、わたしがですか?　なにを不安に思わなくてはならないんでしょう?　わたしのような小男が夜の闇に紛れてこんな路地を歩いている。それだけのことで、やましいところはありません」

「だったら、話を聞こう」

「船はあそこにいます。この四日間、同じように錨を下ろしたままで。ただ、係船索が前後それぞれ一本ずつになっています。船渠《ドック》で片手間仕事をしている仲間から聞きました。船は川上へ向かうとの噂です」

「どこだ？」

「ミルウォール船渠《ドックス》です」

「ミルウォールはまだ再開していないぞ、ファンシー。なぜ嘘をつく？」

「嘘だなんて。そう聞いただけです。ミルウォールだと。今朝のうちにあそこに向かうと」

「ミルウォールにはすでに人をやっている、ファンシー。少なくともあと一週間は閉鎖されたままとのことだ」

「すみません」

後ろの路地の煉瓦《れんが》に革がこすれる独特の音がして、ファンシーが謝っているのはまったく別の理由だと、ヨートゥンはたちまち気がついた。このイタチのような小男はたぶん悪意があって裏切ったのではなく、欲に駆られたのだ。ヨートゥンはその点に多少の慰めを見いだした。

「さあ、逃げるがいい、ファンシー……はるか遠くへ。ロンドンから出ていけ。もういちどおまえを見たら、その腹を切り開いて、はらわたを口に押しこんでやる」

「二度とお目にかかることはありません」

「それが身のためだ。かならずそうしろ」

「もういちど、申し訳ありません。前からわたしは——」

「あとひとことでも口にしたら、それがおまえの最後の言葉になる。失《う》せろ」

　ファンシーは急いで立ち去り、霧のなかに姿を消した。

　ヨートゥンは急いで選択肢を検討した。ミルウォールの話が嘘なら、船の話も嘘だ。つまり、船は川上ではなく川下へ向かう。それを許すわけにはいかない。さしあたりの問題は、後ろから来ている男たちから逃げるか、それとも戦うか、どっちが賢明かだ。逃げたら追ってくる。波止場のすぐそばで騒ぎを起こすのは避けたい。あの船の乗組員はすでにピリピリしているだろう。彼には相手の不意を突く必要があった。

ヨートゥンは向き直り、路地と向きあった。

相手は三人。一人は自分よりすこし背が低く、二人はさらに低いが、全員ががっしりと丸みのある肩の持ち主で、バケツのような形の頭をしていた。街の悪党。人の喉を平気でかき切る手合いだ。充分な灯りがあったら、顔が傷だらけで、歯はほとんど抜け落ちていて、小さな卑しい目をしているのがわかるだろう。

「おはよう、みなさん。何かご用かな?」

「手を焼かせるんじゃねえぞ」三人のなかでいちばん体の大きな男が言った。

「刃物か、素手か、両方か？」と、ヨートゥンはたずねた。

「なんだあ？」

「どっちでもいい。好きなのを選ぶがいい。さあ来い。早くやろうじゃないか」

ヨートゥンはポケットから両手を出した。

いちばん大きな男が突っかけた。腰から刃物が出てくるのがヨートゥンには見えた。いいタイミングで切りつけ、脚の大腿動脈を切り開くか下腹部を切り裂くつもりだ。ヨートゥンは男より五センチ背が高いだけでなく、腕の長さも一〇センチは勝っていた。それを利用して彼流のアッパーカットを繰り出した。握った棍棒が振り出され、革を巻きつけた球根状の鉛が下あごを直撃した。頭が上へはじけ、男は後ろの仲間のほうへよろめいて、ドスンと尻から落ちた。刃物は丸石の通りを転がっていった。ヨートゥンは大きく一歩踏み出すと、腰の高さまでひざを持ち上げ、男の足首にブーツのかかとを踏み下ろした。骨が砕けた感触があり、男が絶叫した。

残りの二人はためらったが、一瞬だけだった。こういう状況では、でかいのがやられると往々にして群れは散り散りになるものだが、ふだんから喧嘩っ早い連中らしい。

右の男が倒れた仲間を横によけ、肩を沈めて牛のように突進してきた。もちろん、この突進は計略だ。片方の手に刃を隠し持っている。ヨートゥンがつかんで受け止めると同時に、刃物が持ち上がってくる。ヨートゥンはいちど左足をさっと引き、そのあと前に踏み出して、右足を繰り出した。突進してくる男の顔をまともに蹴りがとらえる。骨が砕ける音がした。男はがっくりとひざを突き、一瞬ぐらついて、顔から地面に倒れた。

最後の男はためらいと戦っていたが、ヨートゥンの目は望みの動きをとらえた。運命の一瞬、判断を誤ったら命はないと男は気がついたのだ。

「二人とも死んではいない」ヨートゥンは言った。「回れ右して逃げないと、命はないぞ」

男はナイフを構えたまま、根が生えたように突っ立っていた。

「なあ、坊や、こんな目に遭っていいような大金を、本当に払ってくれたのか？」

男はナイフを下ろした。ごくりと唾を飲みこみ、いちど頭を横に振ると、身を翻《ひるが》して駆けだした。

ヨートゥンも同じことをした。全速力でドック・ロードへ引き返し、並んだ垣根を通り抜けてセントアンドルーズを横切った。短い路地を駆けて一対の倉庫にたどり着いた。全速力でその中間に向かい、フェンスを飛び越えて勢いよく着地し、体勢を立て直してさらに駆けつづけると、最後にブーツが木を打つ音がした。埠頭に着いたのだ。左を見て、右を見たが、見えるのは霧ばかりだ。

どっちだ？

顔を回して頭上の建物の番号を読み、きびすを返して、全速力で五〇メートルくらい南へ向かった。右のほうから波が打ち寄せる音がする。そっちに進路を変えた。彼の前に黒い形がぬっと現われた。足を横にすべらせてブレーキをかけ、積み上がった木箱にぶつかってよろめき、それから体勢を立て直した。いちばん小さい木箱に飛び乗り、体をもう一段押し上げる。五メートルくらい下に水面が見えた。川の上流を見たが、なにも見えず、川下に顔を向けた。

二〇メートルくらい向こう、縦仕切りの窓に淡い黄色の光が見えた。その上の、甲板手すりを越えたところが船の操舵室だ。

「ちきしょう！」ヨートゥンは大声でののしった。「なんてことだ！」

船はすこしずつ霧のなかへ遠ざかり、やがて見えなくなった。

1

タンザニア連合共和国ザンジバル、チュンベ島

　視界の端へサメたちが突進してきた。流線形をしたつややかな灰色の生き物だ。サム・ファーゴとレミ・ファーゴ夫妻の目はナイフのように鋭いひれと動きのすばやい尾びれを一瞬とらえたが、たちまち彼らは渦を巻く砂のカーテンに姿を消した。シャッターチャンスを逃したくないレミは、いつものようにサムを大きさの目安がわりに立たせ、餌の奪いあいに高速水中カメラのピントを合わせていた。サムはサメよりも、後ろの断崖のほうが気がかりだった。砂州が急勾配になって、ザンジバル海峡の真っ暗な深みへ五〇メートルも落ちていくのだ。

レミはカメラから顔を上げてマスクの奥の目で微笑み、サムにOKのサインを出した。サムはありがたいとばかりに足ひれ《フィン》を使って前に進み、レミのところに合流した。ふたりでいっしょに砂にひざを突いて、ショーを鑑賞した。いまは七月で、ここはタンザニアの海岸沖だ。つまりモンスーンの季節で、温かい東《E》アフリカ《A》沿岸《C》流《C》が南東から押し寄せてきてザンジバルの南端と出合い、沿岸流と離岸流に分かれるときでもあった。サメにとっては、餌になる魚が北に運ばれてきて、ザンジバル島とアフリカ本土をへだてる三〇キロたらずの裂け目に〝餌の漏斗《ろうと》〟がつくり出される時期だ。魅惑の動くビュッフェ、とレミは呼んでいた。

　サムとレミは〈安全地帯〉と名づけた範囲から出ないよう用心していた。チュンベ島の沖五〇メートルくらいまでの、水晶のように澄みきった細長い水域を出てはならない。そこを越えたら、海峡へ落ちてしまう。境界を見逃すことはまずありえない。六ノット以上の速さで動く海流が島の砂州を削りながら、濁った砂のカーテンを舞い上げているからだ。サムとレミはこれを〈さよなら地帯〉と名づけていた。命綱をつけずにこの激流に足を踏み入れたら、海岸から北へ片道旅行に出発だ。

　こういう危険があるにもかかわらず――いや、あるからこそ――この年に一度のザンジバルへの旅はふたりのお気に入りだった。サメや餌になる魚や離岸流や何カ月も続く水中砂嵐といっしょに、ＥＡＣＣは宝物を提供してくれるからだ。好奇心を満たしてくれるだけのがらくた類がふつうだが、サムとレミにはそれで充分だった。アフリカ東海岸のモンバサからダルエスサラームまでは何世紀ものあいだ船が定期的に往復し、その多くは金や宝石や象牙を積んで、帝国が植民した土地に向かっていた。ザンジバル海峡とその周辺では無数の船が沈んで、船倉の中身が海底にこぼれ落ちている。しかるべき潮流がその覆いを取り払うときを、あるいはファーゴ夫妻のようなダイバーの手が届くところへ動かしてくれるときを待っていた。ふたりはこの何年かで、ローマ帝国からスペインにいたる金貨や銀貨、中国の陶器、スリランカの翡翠《ひすい》や銀製品などを回収した。刺激的なものからありきたりのものまで、その正体を解き明かしてきた。今回の旅では、いまのところ、注目すべき品はひとつしか見つかっていない。菱形の金貨だが、フジツボにびっしり覆われていて、詳しいことはなにもわかっていなかった。

サムとレミはサメたちが餌を食べるところをさらに二、三分ながめてから、うなずきを送りあい、方向転換して、フィンで海底を南へ進みはじめた。ときどき止まって卓球のラケットで砂をふんわり漂わせる。目にとまった砂の塊が歴史の隠れた一片であることを願いながら。

チュンベ島はざっと縦一〇キロに横三キロ。婦人用ブーツのような形をしている。すねと足首と足の前部が海峡と向きあい、ふくらはぎとスチレットヒールと足の裏がザンジバル本島と向きあっている。足首のすぐ上に砂州の途切れがあった。スチレットヒールがつくり出した礁湖《ラグーン》の入口だ。

砂州にそって獲物を物色しながら十五分くらいゆっくり進んだあと、サムとレミはこの途切れにたどり着き、方向転換して、砂浜から一〇メートルくらいまで来たところで、もういちど北に向きを変えて探索を再開した。ここからは、いままで以上に細かな気配りが必要だ。砂州のこの一帯では危険な海流が浜辺にぐっと接近する。泡のような形の突き出た箇所があり、ふたりの〈安全地帯〉はわずか一〇メートル強まで狭まっている。レミがサムの何十センチか前を岸に向かって泳ぎ、相方が断崖のほうへ押し流されていないか、ふたりで頻繁に確かめあった。

サムの右目の端が、きらりと光るものをとらえた。金色のきらめきだ。泳ぐのをやめて、まず砂に両ひざを突き、潜水ナイフで軽くタンクを叩いてレミの注意を引いた。レミは泳ぐのをやめて方向転換し、フィンを使ってサムのところへ引き返した。サムがその場所を指差す。レミがうなずいた。サムを先にふたりで岸に向かって泳いでいくと、砂堆《さたい》と呼ばれる地形が見えてきた。高さ三、四メートルの砂の壁だが、こういう砂堆は、水深が胸の高さから六メートルまですとんと落ちる断崖の目じるしでもあった。ふたりは砂堆の前で止まって周囲を見まわした。

レミが肩をすくめ、身ぶりでたずねた。どこ？

サムは〝はて？〟とばかりに肩をすくめて、砂堆をざっと見渡した。あった。五メートルくらい右にまた金色のきらめきが見えた。ふたりでそこまで泳ぎ、また止まった。〈さよなら地帯〉の断崖がまたぐっと近づく。彼らの後ろ、三メートルあるかないかだ。それだけの距離があるのに、押し寄せる潮流が感じられる。渦巻がふたりを深みへさらおうとしているかのように。

腰くらいの高さで、砂堆から突き出ているものがあった。樽のたがのような形のものだ。長さは一五センチちょっと。変色しているうえにフジツボがくっついていて判然としないが、二、三カ所、潮流で砂が吹き飛ばされてむきだしになった金属部分が輝いていた。

サムが手を伸ばし、たがの周囲をラケットであおいだ。むきだしの部分が二〇センチくらいに広がり、さらに二五センチに広がったが、あとは奥へ曲がって砂堆のなかに消えていた。木が腐っていなければ樽板の一部が露出するのではないかと期待して、サムはラケットを上に向けた。

あおぐ手が止まった。サムがレミを見やると、マスクの奥で彼女の目が大きく見開いていた。たがの上にあったのは腐った木ではなく、湾曲した金属の表面だった。緑青《パティナ》と呼ばれる青錆《さび》が点々とついている。サムは両ひざを突いて胸が砂堆に触れそうになるまで小刻みに前進し、首を伸ばして、たがの下をラケットであおいだ。三十秒くらいすると、そこに空洞が現われた。そっとゆっくり手をすべらせ、広げた指で内部を探っていく。

サムは腕を引き戻してこの物体から後ずさり、レミの横へ戻った。彼女は期待の目でサムを見た。彼がうなずき返す。疑いの余地はない。この樽は樽ではない。船の号鐘だ。

「思いがけないものだったわね」水面に浮上してしばらくして、レミが言った。

「まったくだ」サムがマウスピースをはずして答えた。これまでに彼らが見つけた最大の人工遺物は、第二次世界大戦で雷撃を受けた輸送船《リバティー》の、純銀の溝掘り機《トレンチャー》だった。

レミはフィンを脱いで、レンタルしたボートの船べり越しに後部甲板へ投げ入れた。船は全長七・五メートルのアンドレイイェール・ジュベール - ニヴェールで、ラッカー塗装をほどこしたチークの木造部とレトロな潜水艦式の舷窓を備えている。レミが梯子を登り、サムもあとに続いた。残りの用具一式を脱いで船室にしまうと、レミはアイスボックスから水のボトルを二本取り出し、一本をサムにトスした。ふたりでデッキチェアに腰をおろす。

「どのくらいあそこにあったものかしら？」と、レミが言った。

「なんとも言えないな。緑青がつくのにそれほど時間は必要ないし。残りの錆の厚みを確かめてみないことには。内部は無傷に近い感じだった」

「鐘の舌《ぜつ》は？」と、レミがたずねた。

「手には触れなかった」

「ひとつ、確認の必要があるんじゃないかしら」

「たしかに」

海で引き揚げをするとなると、タンザニアには常識はずれの法律があるうえに、チュンベ島にはチュンベ島珊瑚公園という正式名があり、その大部分は岩礁《リーフ》自然保護区、部外秘森林保護区に指定されている。まずあの鐘のあった場所がこの保護区の内か外かを確かめないと先に進めない。このハードルを越えて、初めて、道義的に次のステップへ進むことができる。鐘の由来と出自の両方、または片方を割り出す一歩へ。タンザニア政府の注意を引かないうちに鐘の法的権利を主張したければ、この一歩は絶対に欠かせない。綱渡り的な状況と言ってもいい。最後まで渡りきれば、貴重な歴史的発見が手に入るかもしれないが、綱のどっち側にも法律が待ち構えている。うまくいっても発見を強奪され、下手をすると刑事責任に問われかねない。法律によれば、〝特別な発掘方法〟を必要としない人工物は発見者のものだ。レミが見つけた菱形の金貨のような小物なら、なんの問題もない。しかし船の号鐘となると、話はまったく別だ。

ファーゴ夫妻にとっては新しい話ではない。サムとレミは大人になってからの時間の大半を、財宝や人工遺物や隠れた歴史を探す作業に費やしてきた。ふたりいっしょにしたこともあれば、単独でしたこともあるし、単なる趣味でやったことも、仕事でやったこともある。

レミは父親の志を継いでボストン・カレッジに入学し、人類学と歴史学の修士号を取得した。なかでも力をそそいだのは、古代の交易路だ。

サムの父親は何年か前に他界しているが、ＮＡＳＡの宇宙計画にたずさわった一流のエンジニアだった。活発な女性だった母親は、いまでもダイビング専門のチャーター・ボート業を営んでいる。

サムはカリフォルニア工科大学で工学の学位を取得し、ラクロスとサッカーでもいくつかトロフィーを獲得した。

そしてカリフォルニア工科大学最後の数カ月に、ある男からアプローチを受けた。その後、男はアメリカ政府の研究開発機関ＤＡＲＰＡ、つまり〈国防総省国防高等研究計画局〉の人間と判明する。純粋な創造工学を研究しながら自国に奉仕できる魅力を前にして、サムは迷わずその道を選んだ。

ＤＡＲＰＡで七年を過ごしたあと、サムはカリフォルニアに戻り、サムとレミはハーモサ・ビーチにある〈ライトハウス〉というジャズ・クラブで出会った。サムは冷えたビールを求めてぶらりと立ち寄り、レミはアバロン・コーヴ沖に沈んだと噂されるスペイン船の調査旅行に来ていて、そこでその成功を祝っているところだった。

ふたりともひと目惚れではなかったと言い張っているが、最初の一時間で〝確信〟があった点は両者とも認めている。六カ月後、ふたりは初めて出会ったこの〈ライトハウス〉で結婚し、ささやかな式を挙げた。

レミの励ましを得てサムは敢然と起業に挑み、一年とたたないうちにアルゴン・レーザー・スキャナーを発明して大金を手に入れた。金銀からプラチナやパラジウムまで、遠くにある混合金属や合金を識別することができる装置だ。トレジャーハンターと大学と企業と採鉱会社が先を争うようにして、この発明の使用許諾を求め、二年後にファーゴ・グループは年間三百万ドルの純益を上げるまでになった。資金の潤沢な各種企業から電話が来るようになった。サムとレミは最高入札者に自社を売却して、一生楽に暮らせるだけのお金を手にすると、本当に情熱を傾けたい対象、つまり財宝探《トレジャーハンティング》しに着手した。

サムとレミの人生を推進するエンジンはお金ではなく、冒険と、ファーゴ財団の繁栄を見守る満足感なのだ。財団は天から授かった資金を、恵まれない子どもや虐待を受けた子ども、動物愛護や自然保護に振り分け、この十年で飛躍的な成長を遂げた。前年は各種団体に合計約二千万ドルを寄付することに成功している。その大半はサムとレミ夫妻から個人的に捻出され、残りは個人寄贈者によるものだ。善《よ》きにつけ悪《あ》しきにつけ、彼らの功績はかなりの注目をマスコミから浴び、それがまた裕福で社会的地位のある寄贈者の注目を引いた。

彼らがいま直面している問題は、この船の号鐘が慈善的な財源に転化できるものか、単なる魅力的な歴史の楽しみかだ。もちろん、どちらでもかまわない。隠れた歴史の追求も彼らにとっては喜びだ。いずれにせよ、どこから手を着けなければならないかはわかっていた。
「セルマに電話ね」と、レミが言った。
「セルマに電話だ」と、サムも同意した。

一時間後、ふたりはザンジバル島の北端にあるケンドワ・ビーチに借りた大農園《プランテーション》様式のバンガローに戻っていた。レミが新鮮なフルーツサラダとプロシュートとモッツァレラチーズとアイスティーを用意するあいだに、サムはセルマの番号をダイヤルした。頭上で一五〇センチの天井扇《シーリングファン》が空気をかき回し、そのいっぽうで沖からの涼しいそよ風がフレンチドアから入ってきて、ガーゼのカーテンを揺らしていた。

いまサンディエゴは午前四時だが、セルマ・ワンドラシュは一回目の呼び出し音で電話に出た。セルマは日曜日の五時間を除けばひと晩に四時間しか眠らないと信じているサムとレミにとっては、驚きでもなんでもない。
「休暇中にわたしに電話が来たときは、面倒なことになったか、厄介な状況に突入しようとしているときと相場が決まってます」なんの前置きもなしに、スピーカーフォンからセルマの声が言った。

「それはちがう」と、サムが反論した。「去年、セイシェルから電話したときは――」

「ヒヒの群れがビーチハウスに侵入して家具を壊し、おふたりの持ち物をみんな持ち去って、警察から窃盗犯とまちがわれたときでしたね」

そのとおりよと、レミが島の形をしたキッチンから口だけ動かした。ナイフの先端を使ってひょいとサムに新鮮なパイナップルを放り投げる。サムがそれを口で受け止めると、彼女は心のなかで拍手をした。

「まあ、それはそのとおりだ」サムがセルマに言った。

元ハンガリー市民で訛りが消えたためしのないセルマ・ワンドラシュは、ファーゴ財団を背後で支える調査チームのチーフをつとめている。チームは三人編成で、セルマはその厳格な、しかし意外と心優しいリーダーだった。十年前に試験飛行士《テスト・パイロット》だった夫を墜落事故で亡くし、いまは未亡人の身だ。

ジョージタウンで学位を取得したあと、国会図書館の特別蔵書部を仕切っていたところをサムとレミに誘われたのだ。調査チーフだけでなく、セルマはとびきりの旅行代理店であり、後方支援の達人でもあった。これまでに何度となく、軍隊並みの能率でふたりを目的地から目的地へ運んできた。セルマにとって調査は食べ物であり、飲み物であり、生きる糧だった――杳《よう》として解けない謎や、最小限の真実の火花さえ明らかにしない伝説の調査が、彼女の生きがいなのだ。

「それで、今回はなんですか？」と、セルマがたずねた。

「船の号鐘よ」レミが大声で言った。

セルマが新しいメモ帳を取り出し、紙がバサバサいう音がした。「どうぞ」と、セルマは言った。

「チュンべ島の西海岸」とサムが言い、ボートに向かう前にGPS装置に取りこんだ座標を読み上げた。「調べてもらうのは――」

「保護区の境界線ですね」とセルマが言い、紙に鉛筆を走らせた。「ウェンディにタンザニアの海事法を調べてもらいます。ほかには？」

「コインだ。菱形で、大きさはアメリカの五十セント硬貨くらい。鐘の一〇〇メートルちょっと北で見つけたもので……」

サムがこの点を確認するためにレミを見ると、うなずきが返ってきた。「すこしきれいにならないか試してみるが、いまのところ、表面ははっきりしない」

「了解しました。次は？」

「次はない。それだけだ。できるだけ早くな、セルマ。あの鐘にはできるだけ早く鉤《フック》をかけたいんだ。あそこの砂堆はあまり安定しているように見えなかった」
「折り返しご連絡します」とセルマは答え、通話を切った。

2

メキシコ・シティ、メキシコ

メキシコ連邦共和国の大統領でメシーカ・テノチカ党の党首でもあるクワウトリ・ガルサは、床から天井まである大きな窓から、かつて大神殿が立っていた〈憲法広場〉を見下ろした。いまは美化された廃墟にすぎない。アステカ族の壮大な都市テノチティトランの悲しい残骸と直径三・六メートル重さ二〇トンの偉大な〈太陽の石〉を見物しにくる観光客向けの名所でしかない。

「慰みものだ」とクワウトリ・ガルサはつぶやき、動きまわっている群衆を見つめた。

この誤りを正す努力をしてきたが、まだ成功にはほど遠いのが現状だ。わたしが大統領に選ばれて以来、メキシコ国民が自分たちの血筋について理解を深めたのは確かだ。スペイン帝国主義によって全滅したと言っても過言でない自国の真の歴史を、彼らは理解するようになってきた。メシーカ・テノチカ党を指して多くの記者がアステカ党という名称を使っているが、この名前さえひとつの侮辱だった。偽りを黙認しているだけだ。エルナン・コルテスと血に飢えた征服者《コンキスタドール》たちがメシーカの人々をアステカと改名したのだ。メシーカの伝説の故郷アストランにちなんで。しかし、あれは必要なごまかしだった。いまのところメキシコ人はアステカという言葉に納得して、広く受け入れている。まあ、それもいい。ゆくゆくはこのガルサがきちんと教育してやるが。

じっさい、ガルサとメシーカ・テノチカ党が政権に就くことができたのは、スペイン征服以前のメキシコへの愛国心が底流となって押し寄せたおかげだった。ただ、メキシコ国民全般にただちに自国の真の歴史を受け入れてほしいというガルサの願いは色あせてきていた。ある政治評論家がいみじくも指摘したように、選挙の勝因は、前政権の無能と腐敗がひとつ。もうひとつはメシーカ・テノチカ党の〝アステカ的ショーマンシップ〟のおかげだ。その点は彼も理解していた。

たしかにショーマンシップだ！　ばかげたことではあった。ガルサは胸のなかでつぶやいた。

わたしは何年か前、スペイン洗礼名のフェルナンドを捨ててナワトル語の名前に変えた。閣僚全員が同じことをした。ナワトル語で自分の子どもも改名した。それだけではない。スペインのメキシコ征服にまつわる文学と映像・画像をすこしずつ学校のカリキュラムから取り除いてきた。通りの広場の名前をナワトル語の名称に変えた。学校ではいま、ナワトル語とメシーカの真の歴史を教えている。宗教的祝日とメシーカ伝統の祝祭が年に何度か実施されている。それでも、すべての投票は物語っていた。メキシコ人はそういったすべてを新しい動きととらえている。仕事を休んだり、酒を飲んだり、街路で心得違いをするための口実なのだ。とはいえ、あの投票は、充分な時間があれば真の変化を実現できる証しでもあった。わたしとメシーカ・テノチカ党にはもう一期必要だ。その一期を勝ち取るには、上院と下院と国家最高司法裁判所をもっとしっかり掌握する必要がある。いま現在、大統領の地位は一期六年に限られている。わたしの計画を成就させるには――メキシコに必要な、征服や虐殺とかいった嘘とは無縁の歴史をしっかり理解させるには――六年では足りないのだ……。

ガルサは窓から離れて、つかつかと机に向かい、リモコンのボタンを押した。天井から日除けが下りて正午の日射しを弱め、埋めこみ式の天井灯がともって、ワインレッドの絨毯と重厚な木製の調度を照らし出した。ガルサのこれまでの人生と同じく、彼のオフィスもメキシコの遺産を反映していた。壁にはアステカの歴史を描いたタペストリーと絵が並んでいる。長さ三・五メートルの手描きの絵文書は、テスココ湖の湿地の島でテノチティトランが創設された経緯を詳細に物語っている。あっちにはアステカの月の女神、コヨルシャウキの絵が掛かっている。部屋の反対側にある暖炉の上では、床から天井まである大きなタペストリーに、〝ハチドリの魔法使い〟こと軍神ウィツィロポチトリと〝煙を吐く鏡〟ことテスカポリトカが配下の人間たちを見守っているところが描かれている。机の上の壁には、ナワトル語族の伝説の源である〝七つの洞窟の場所〟ことチコモストクの油絵が掛かっている。

しかしこれらのなかに、彼の夜の安眠を妨げるほどのものはない。その名誉ある役割は、この部屋の隅に立っている人工遺物が担っていた。厚さ一センチを超えるガラスの立方体のなかに水晶の台座があり、その上にアステカの〝羽毛のある蛇神〟ケツァルコアトルが座していた。もちろん、ケツァルコアトルが詩やタペストリーや幾多の絵文書に描かれるのは珍しいことではないが、この表現方法は珍しい。

小像なのだ。この世にふたつとない。高さ一〇センチ奥行き一七センチの像は、作者不詳ではあるが、一千年前に半透明の翡翠の塊から彫られた至芸の逸品だ。

ガルサは机を回りこんで、小像の前に置かれた椅子にすわった。はめこみ式のハロゲン照明で上から照らされると、ケツァルコアトルの表面が渦を巻き、かつてそこにあっていまはなくなっている魅惑的な形と色が浮かび上がってくるような気がした。ガルサの目はケツァルコアトルの羽毛と鱗《うろこ》にそって後ろへ向かい、最後に尾のところで止まった――いや、尾があったはずのところだ、と彼は心のなかで訂正した。この小像の尾は蛇の尻尾のように先細っていくのではなく、何センチか太くなってからとつぜんギザギザになって終わっている。まるで、もっと大きな人工遺物から切り裂かれたかのように。じっさい、ガルサお抱えの科学者たちはその説を唱えていた。彼が必死に抑えこんできた説でもある。

このケツァルコアトルの小像、このメシーカ・テノチカのシンボルは不完全なものだ。なにが欠けているのかガルサは知っていた。もっと正確に言えば、その足りない一片はアステカの神殿にある何物とも似ていないことを知っていた。夜の安眠を妨げているのはその事実だ。ガルサがメシーカ・テノチカ党を創設した日から、この小像は党の運動のシンボルとして愛国主義の波を呼び起こすスローガンになり、その結果、ガルサを大統領の座に就けた。

万一、その信用に疑義が呈されたら？　そんなことは容認しがたい。十九世紀の失われた軍艦一隻で、わたしの築いてきたものがすべて破壊されるかもしれない。そんな考えを受け入れられるわけがあろうか。どこかのダイバーが小さな装身具か人工遺物を見つけ、歴史にちょっと関心のある人間に見せて、そいつが専門家に問い合わせたら、すべてが水の泡だ。倒れゆくドミノのように、一国の取り戻した誇りが葬り去られてしまう……。


机のインターホンが鳴って、ガルサは夢想から揺り起こされた。ケースのハロゲン照明を消して、机に戻る。

「なんだ？」

「お着きです、大統領閣下」

「通せ」とガルサは言い、体の向きを変えて机の奥に腰かけた。

ほとんど同時に両開きのドアが開き、イットリ・リヴェラがつかつかと入ってきた。身長一八〇センチ体重六八キロのリヴェラは、遠くから見ると貧弱に見える。やたらとひょろ長い体形で、平たく角張った細長い顔は鉤鼻《かぎばな》ばかりが目立つ。ところが、近づいてくるにつれ、リヴェラの見かけがどんなに人の目を欺《あざむ》くものか、改めてガルサは思い出した。鋭い目と口元、確固として揺るぎない足取り、むきだしになった前腕の張りつめた筋肉と腱にそれが表われていた。イツトリ・リヴェラのことを知らなくても、目ざとい人間なら、この男がただ者でないことをあっさり見抜くだろう。もちろん、ガルサはそれを知っていた。彼の主任諜報員は運の悪い多くの人間に過酷な運命を与えてきたし、これまでのところ、その大半はガルサとメキシコ観を異にする政敵たちだ。さいわい、上院・下院を問わず、メキシコで清廉潔白な国会議員を見つけるのは売春宿で処女を見つけるより難しいし、リヴェラは人の弱みを見つけて短剣でぐさりと突き刺す才能の持ち主だった。リヴェラ自身もヘクターというスペイン系の名を捨てて、ナワトル語で〝黒曜石〟を意味するイツトリを名乗っている、献身的な信者だ。この男にふさわしい名前だ、とガルサは思った。

空中機動特殊部隊《グルポ・アエロモヴィル・フエルサス・エスペシアレス》、略称GAFEと国防省S2《情報第二部》でかつて少佐をつとめたリヴェラは、退役してガルサ個人のボディガードをつとめるようになり、ガルサは彼の潜在能力をたちまち見抜いて、個人的に情報作戦部長の役目を託していた。

「おはようございます、大統領閣下」と、リヴェラが堅苦しい挨拶をした。

「おはよう。まあ、かけたまえ。何か飲むかね？」とガルサはうながしたが、リヴェラが首を横に振ったので、「どんな話かな、今回は？」とたずねた。

「あるものに出くわしまして、閣下がご覧になりたいかもしれないと考えました――ビデオ映像です。秘書のかたに頭出しをお願いしておきました」

リヴェラは机からリモコンを取り上げ、壁の五〇インチＬＣＤテレビに向けて電源ボタンを押した。ガルサは腰をおろした。二、三秒の静寂を経て、三十代と思《おぼ》しき男女が現われた。海を背景に、並んですわっている。カメラの外からレポーターが質問をしていた。ガルサは流暢な英語を操れるが、リヴェラ配下の技術者たちがスペイン語の字幕をつけていた。

インタビューはせいぜい三分くらいの短いものだった。それが終わるとガルサはリヴェラに目を向けた。「で、この意味は？」

「いまのはファーゴ夫妻――サム・ファーゴとレミ・ファーゴです」

「わたしにとって重要な意味を持つことかね？」

「昨年の、ナポレオンの〈失われたセラー〉の話を覚えておいでですか……失われたスパルタ人の」

ガルサはうなずいていた。「ああ、覚えている……」

「あれの背後にはファーゴ夫妻がいたのです。腕利きのコンビでして」

ガルサは関心を示した。椅子にすわったまま前に身をのりだす。「このインタビューが録画されたのはどこだ?」

「ザンジバルです。BBC特派員の手で。もちろん、このタイミングは偶然かもしれませんが」

ガルサは素っ気なく手を振った。「わたしは偶然などというものは信じない。きみもだろう、わが友人よ。さもなければ、わたしのところにこれを持ってくるはずがない」

執務室に入ってきてから初めてリヴェラがわずかながら感情を表に出した——口元にかすかに浮かぶだけの、サメのような薄笑いだ。「たしかに」

「どうやってこれを見つけた?」

「例の……発覚後、専門家チームに特別なプログラムを作らせまして。インターネット上である種のキーワードをモニターするものです。今回は〝ザンジバル〟〝タンザニア〟〝チュンベ〟〝難破船〟〝宝物〟に引っかかりました。もちろん、最後のふたつはファーゴ夫妻の専門分野です。インタビューで彼らは、この旅はダイビング休暇にすぎないと断言しておりますが……」

「前回の出来事から間《ま》がないからな……あのイギリス人の女……」

「シルヴィー・ラドフォード」

ラドフォード、とガルサは胸のなかでつぶやいた。さいわい、あの愚かな女は自分の見つけたものが持つ意味にまったく気づかず、ただの小さな装身具と考えて、ザンジバルとバガモヨじゅうで見せびらかし、いったいなにかしらと地元の住民にたずねていた。死んでもらうことになったのは気の毒だったが、リヴェラが例によって慎重に処理してくれたおかげで、警察は、路上強盗が殺人に転じた事件と結論した。

ラドフォードが見つけたのは、ほんのかぼそい糸にすぎなかった。ぷつんと切れないよう注意深く梳《す》いてやる必要がある程度の。しかし、ファーゴ夫妻といえば……脈絡のない糸をたどる方法を知り尽くしているやつらではなかったか？　彼らはなんの手がかりもないところから何かしらを発見するすべを知っている。

「あの女が自分の見つけたもののことを、誰かに教えた可能性は？」と、ガルサはたずねた。「ファーゴ夫妻には独自の情報網があると想像する。彼らが何か嗅ぎつけた可能性は？」ガルサは不快そうに目を細くして、リヴェラをじっと見た。「教えてくれ、イツトリ、きみは何か見逃していないか？」

多くの閣僚や政敵を萎縮させてきた強烈な視線にも、リヴェラは動じなかった。彼はただ肩をすくめた。

「あるとは思えませんが、可能性はゼロではありません」と、彼は静かに言った。

ガルサはうなずいた。ラドフォードが誰かに発見の話をした可能性を考えると、不安がよぎったが、自分はミスを犯したかもしれないとリヴェラがためらいなく認めた点を、ガルサは頼もしく思った。大統領のガルサは来る日も来る日もごますりとイエスマンに囲まれている。リヴェラは自分にありのままの事実を伝え、修繕しがたいものを修繕してくれる。ガルサはそう信じていたし、リヴェラはいずれの点においても彼の期待を裏切ったことがない。

「調べろ」と、ガルサは命じた。「ザンジバルに行って、ファーゴ夫妻がなにをたくらんでいるのか突き止めてこい」

「今回のことが偶然でなかったら、どういたしましょう？　やつらはイギリスの女ほど簡単にはいかないと思います」

「うまく処理してくれると信じている」と、ガルサは言った。「われわれが歴史から教わったことがあるとすれば、それは、ザンジバルはときに危険な場所になるということだ」

3

ザンジバル

セルマに電話をしたあと、サムとレミはすこし仮眠をとり、シャワーを浴びて着替えをしてからスクーターで海岸を走り、ストーン・タウンにあるお気に入りのタンザニア料理店〈エクンドゥ・キファル〉に向かった。スワヒリ語で赤い犀《サイ》という意味だ。海岸を見晴らす立地にあり、旧税関と〈ビッグ・ツリー〉に挟まれている。後者は古いイチジクの巨木で、小型船の造船関係者や、プリズン島、バウェ島への足を提供するチャーター船の船長たちの憩いの場になっている。

サムとレミにとって、ザンジバル（スワヒリ語ではウングジャ）は旧世界のアフリカの象徴だ。この島は何世紀にもわたって軍司令官やイスラム君主《スルタン》や奴隷商人や海賊の支配を受けてきた。貿易会社の本拠になり、ヨーロッパの伝道者や探検者や大物狙いの狩人たちがこぞって集結した。リチャード・バートン卿とジョン・ハニング・スピークはこのザンジバルを、ナイル川源流を探す旅の拠点にしている。ヘンリー・モートン・スタンリーは、アフリカでいっとき消息を絶った有名な探険家デイヴィッド・リヴィングストンを探し出したとき、迷宮のように入り組んだストーン・タウンの小さな路地からその第一歩を踏み出している。通説によれば、ウィリアム・キッド船長（キャプテン・キッド）も、海賊と海賊ハンターの両方として、このザンジバルの周辺水域を航行したという。

サムとレミはこのザンジバルで、すべての通りと中庭に物語があり、すべての構築物に秘密の歴史があることを知った。すてきな思い出を何ダースか持たずに、このふたりがザンジバルを出ていったためしはない。

駐車場にスクーターを乗り入れるころには、太陽が急いで水平線に沈みかけ、海を金色と赤色に染め上げていた。直火で焼かれている牡蠣《かき》の、なんとも言えない香りがただよっている。

「お帰りなさい、ミスター・ファーゴ、ミセス・ファーゴ」と駐車係が声をかけ、白衣の係員二人に合図をすると、彼らは急いで駆け寄り、スクーターを押して離れていった。

「やあ、アバシ」とサムは答え、駐車係の手を握って振りたてた。レミは温かな抱擁を受けた。ふたりがアバシ・シバレに会ったのは六年前、初めてザンジバルを訪問したときだ。以来彼らは親友になり、年に一度のザンジバル訪問中に最低一度はアバシとその家族と夕食を共にする。微笑を絶やしたことのない男だ。

「ファラジャと子どもたちは元気かい？」と、サムがたずねた。

「幸せで健康ですよ、ありがとう。滞在中、食事に来られますね？」

レミが微笑んだ。「まちがいないわ」

「なかは用意ができていると思います」と、アバシは言った。

ドアを入ったところにボーイ長のエリムが待っていた。彼もファーゴ夫妻とは何年も前からの知りあいだ。「いらっしゃい、ようこそ。港を見晴らせるお気に入りの席をご用意しています」

「ありがとう」と、サムが言った。

エリムが隅の席に案内してくれた。赤い色の強風用ランタンがともり、角の二面は海辺一帯を見晴らす窓に囲まれている。眼下ではストーン・タウンの街灯が点滅し、ともりはじめていた。

「ワインでしたね？」エリムがたずねた。「リストをごらんになりますか？」

「あのピノノワールはまだあるかい——シャモニーは？」

「はい、九八年と二〇〇〇年がございます」

サムがレミを見ると、レミは、「いまも忘れないわ、あの九八年は」と言った。

「レディの望みのままに、エリム」

「承知いたしました」

エリムは姿を消した。

「きれいね」窓からじっと海を見つめてレミがつぶやいた。

「これ以上ないくらい同感だ」

レミは窓から顔を戻してサムに微笑みかけ、彼の手をぎゅっと握った。そして、「ちょっと焼けたわね」と言った。理由はよくわからないが、サム・ファーゴの肌は妙な焼けかたをする。今日は鼻柱と耳の端だけがピンク色になっていた。明日にはブロンズ色になっているだろう。「あとで痒《かゆ》くなるわよ」

「もう痒いよ」

「ところで、何か見当は？」レミが菱形のコインを持ち上げて質問を投げた。

コインは今日の午後を、まず一〇パーセント硝酸溶液のボウルのなかで過ごし、続いてホワイトビネガーと塩と蒸留水を混ぜたサムの秘密の調合液に浸され、そのあと毛先の柔らかい歯ブラシを使って洗浄を受けた。まだはっきりしない箇所が多いが、女性の横顔と、〝マリー〟〝再会《レユニオン》〟というふたつの単語が識別できた。彼らはバンガローを出る前にこの情報をセルマに中継しておいた。

「さっぱりだ」サムが言った。「しかし、コインにしては妙な形だな」

「ひょっとして、個人的に鋳造させたものだったり？」

「かもしれない。だとしたら、いい出来だ。縁はきれいだし、いい道具を使っていて、どっしりとしている……」

エリムがデカンターに移したワインを持って戻ってきて、ふたりのグラスに少量注ぎ、承認のうなずきを受けてからグラスを満たした。この特別なピノノワールは南アフリカ産だ。深い赤色で、丁子《クローブ》とシナモンとナツメグ、そしてサムには判別できない何かの風味がほんのりとした。

レミがもういちど少量口にして、「チコリね」と言った。

サムの電話が鳴った。彼は画面を見て、声に出さずに口だけで「セルマだ」と伝え、それから「やあ、セルマ」と応答した。レミが前に身をのりだして聞き耳を立てた。

「こっちは朝ですよ。ピートとウェンディが着いたところです。二人はタンザニアの法律方面に取り組みはじめています」

「すばらしい」

「当ててみましょうか。いまおふたりは〈エクンドゥ・キファル〉で夕焼けを見ているところ」

「習慣から抜け出せない人間なのよ」と、レミが言った。

「何か情報が?」と、サムがたずねた。

「コインのことで。また謎がひとつ増えました」

ウェイターが近づいてくるのを見て、サムが「ちょっと待ってくれ」と言った。ふたりはサマカイ・ワ・クソンガとワリ——魚のコロッケと土地の米を調理してチャパティを添えたもの——を頼み、デザートにはヌディニ・ノ・カスタド——ザンジバル式のバナナ・カスタード——を注文した。ウェイターが離れていくと、サムは電話の消音を解除した。

「話を続けてくれ、セルマ。耳をダンボにしてるから」と、サムが言った。

「そのコインが鋳造されたのは、一六九〇年代の前半です。造られたのはわずか五十枚で、正式な流通はしていません。ほかにうまい表現が見つからないのでこう申し上げますが、じつは愛情のしるしでした。表面に記されていた〝マリー〟は、フランス領レユニオン島の北岸に位置するサン・マリーという村の名前の一部なのです」

「聞いたことがない名前ね」と、レミが言った。

「無理もありません。マダガスカルから約六五〇キロ東にある小島ですから」

「その女性は何者なんだ?」と、サムがたずねた。

「アデリーズ・モリニュー。一六八五年から一七〇一年までサン・マリーの行政官をつとめたデュモン・モリニューの奥さんです。いろんな話を総合したところでは、十回目の結婚記念日にデュモンが個人的にストックしていた金を溶かし、このアデリーズのコインを鋳造したとのことです」

「すてきな愛情表現ね」と、レミが言った。

「枚数は、デュモンが死ぬまでに二人でいっしょに過ごしたいと願った年数と言われています。それに近い年数を生きました。二人とも四十回目の記念日を前に亡くなっています。それも一年と前後せず」

「しかし、なぜそれがはるばるザンジバルまで?」と、サムが疑問を投げた。

「そこには真実と伝説が入り混じっています」と、セルマが答えた。「ジョージ・ブースの名前はご存じだと思いますが？」

「イギリスの海賊か」と、サム。

「そのとおりです。人生の大半をインド洋と紅海で過ごしました。一六九六年ごろ砲手としてペリカン号に、その後ドルフィン号に乗り組みます。一六九九年ごろ、ドルフィンはレユニオン島の近くでイギリス艦隊に追い詰められました。乗組員の一部は投降。ブースを含む何人かは脱出してマダガスカルに向かい、そこでブースともう一人の海賊船船長ジョン・ボーウェンが協力して、排水量四五〇トン、五十砲搭載の奴隷船スピーカー号を乗っ取ります。ブースが船長に選ばれ、その後一七〇〇年ごろ、スピーカーでザンジバルに赴きました。補給品を調達するために上陸したところ、上陸部隊はアラブ人部隊の攻撃を受けてしまいます。ブースは殺され、ボーウェンは生き延びました。そこからボーウェンはスピーカーでマダガスカル周辺水域へ取って返し、二、三年後にモーリシャスで他界します」

「ドルフィンはレユニオン島の近くで追い詰められたと言ったな」サムが口を挟んだ。「サン・マリー村からの距離は？」

「四、五キロ沖合ですね」セルマは答えた。「伝説によれば、ブースと彼の乗組員はこの村の襲撃を終えたところでした」

「アデリーズのコインを持ち逃げして」と、レミが結んだ。

「伝説ではそうなっています。デュモン・モリニューも、フランス王ルイ十四世に宛てた正式な苦情の手紙でその話をしていますが」

「つまり、話をまとめると」サムが言った。「ドルフィンから脱出したブースたちはアデリーズのコインを持って逃げ、そのあとボーウェンと出会った。その後二人はスピーカーを乗っ取り、ザンジバルに向かって、そこで……どうしたんだ？　チュンベ島に略奪品を埋めたのか？　あとで見つけやすいように浅瀬に放り出したのか？」

「あるいは、スピーカーはどこにも行かなかったのかもしれない」レミがさらに追加した。「物語は間違いかもしれない。船は海峡で沈められたのかもしれない」

「どの可能性も似たり寄ったりですわ」と、セルマは返答した。「いずれにしても、おふたりが見つけたコインはアデリーズのです」

「問題は」サムが言った。「ぼくらの鐘はスピーカーの号鐘なのか、だ」

4

ザンジバル

　早朝に島に接近した嵐が夜明けを迎えるころに立ち去ったおかげで、空気はすがすがしく、ふたりの宿泊しているバンガロー周辺の木々の葉は露できらきら輝いていた。サムとレミは裏庭の張り出しにすわって浜辺をながめながら、果物とパンとチーズと濃いブラックコーヒーの朝食を共にしていた。周囲の木々のなかで姿の見えない鳥たちがさえずっている。

　とつぜん、小指大のヤモリがレミの椅子の脚を登ってきて、ひざの上をタタッと走り、テーブルに乗って、皿を駆けまわってからサムの椅子を伝い下りていった。

「道を誤ったな」と、サムがコメントした。

「わたし、爬虫類には好かれるの」と、レミが言う。

ふたりはもう一杯コーヒーを分けあってから食卓を片づけ、リュックサックに荷物をまとめると、キャビン・クルーザーを置いてきた浜辺に歩いて向かった。サムがふたり分のリュックを手すりの上から投げ入れ、それからレミを押し上げた。

「錨《アンカー》は?」と、レミが呼びかけた。

「待ってくれ」

サムはねじ錐《きり》形のビーチアンカーのそばにしゃがむと、回しながら引き抜いてレミに手渡した。彼女は姿を消し、デッキに小さな足音がしたと思うと、すぐにエンジン音がとどろいて、プップッというアイドリングの音に変わった。

「ゆっくりバック」と、サムが叫んだ。

「ゆっくりバック、了解《アイ》」と、レミが答えた。

プロペラが回りはじめる音が聞こえると、サムは船体にぐっと体をあずけて濡れた砂に足を踏ん張り、力を込めて押した。ボートはゆっくり三〇センチくらい後ろに下がって、さらに三〇センチ下がり、砂から解放されて水に浮かんだ。サムは手を上に伸ばしていちばん下の手すりをつかむと、脚を振り上げてかかとを船べりにかけ、船上にあがった。

「チュンベ島ね?」レミが操舵室の開いた窓から大声で言った。

「チュンベ島だ」と、サムが確認した。「解かなくちゃならない謎がある」

プリズン島の北西約五キロまで来たところで、サムの衛星電話が鳴った。後部甲板にすわって道具をかき分けていたサムは、電話を取り上げて通話ボタンを押した。セルマからだ。「いい知らせと、あまりよくない知らせがあります」と、彼女は言った。

「いい知らせから聞こう」サムが言った。

「タンザニア天然資源省の規定によると、おふたりが号鐘を見つけたのは保護区の境界の外でした。あそこに珊瑚礁はありませんから、保護の必要もありません」

「で、あまりよくない知らせのほうは?」

「それでもタンザニアの海洋引揚法は適用される点です――〝特別な発掘方法を禁ずる〟という。線引きの難しいグレイゾーンですが、卓球のラケットではその鐘を砂から抜け出させるのは無理のような気がしますね。いまピートとウェンディに、認可に必要なプロセスを調べてもらっています。もちろん、慎重に」

ピーター・ジェフコート（男）とウェンディ・コーデン（女）は、どちらも日に焼けた肌と引き締まった体を持つ金髪のカリフォルニアっ子で、それぞれ考古学と社会科学の学位を持ち、セルマの見習い助手として働いている。

「わかった」サムが言った。「まめに連絡を入れてくれ」


ストーン・タウンの船着場にしばらく停泊して燃料を補給し、数日分の食料を集めたあと、九十分かけて海岸ぞいをゆっくり進み、ザンジバルの外にある島々の海峡を慎重に通り抜けて、GPSが示す号鐘の座標にたどり着いた。サムがアンドレイエールの船首に行って錨を下ろす。完全な無風状態で、雲ひとつない青空が広がっていた。ザンジバルは赤道のすぐ南に位置していて、七月は夏ではなく冬にあたるため、気温が摂氏三〇度を超えることはない。絶好のダイビング日和だ。サムは赤地に白い縞が入った〝ダイバー潜水中〟の旗を揚げ索《ハリヤード》で揚げてから、後部甲板のレミに合流した。

「タンク？　シュノーケル？」と、彼女がたずねた。

「シュノーケルで始めよう」号鐘があるのは水深三メートルくらいだった。「どういう状況に直面するのか、しっかり目で確かめてから計画を立てなおすんだ」

ザンジバルでは滞在時間の九割がたがそうなのだが、前日と同じく水は驚くほど透き通っていた。色調はターコイズからインディゴブルーまで多岐にわたっている。サムは船べりから後ろ向きに回転して水に入り、すぐにレミも続いた。しばらくふたりとも水面を動かず、気泡とあぶくが分散するのを待ってから反転して水中に潜った。白砂の海底にたどり着いて、右へ曲がると、すぐ砂堆の縁に着いた。そこからまたまっすぐ下へ、いわゆるパイクダイブをして、垂直面を底へ向かう。底に着くと動きを止め、砂にひざを突いて潜水ナイフを水底に突き刺し、手でつかまれるようにした。

前方に〈さよなら地帯〉の縁が見えた。前夜の嵐で海峡の流れが速くなっただけでなく、大量の岩くず類が激しくかき回されたため、水が濁って、灰色と茶色の固い砂壁のようだ。とにかく、これでサメたちが浅瀬に近づくことはないだろう。マイナス面もあった。ふたりが止まった場所でさえ、潮流に引かれる感じがしたことだ。

サムがシュノーケルを軽くたたいて親指をぐっと上に突き出した。レミがうなずく。

ふたりはフィンを使って水面に向かい、ざばっと空気のなかへ出た。

「いまの、感じたか？」と、サムが訊いた。

レミがうなずいた。「目に見えない手につかまれそうな感じだった」

「砂堆にへばりついて離れるな」

「了解」

ふたりはまた潜った。水底に着くと、サムはGPSの数字を確かめ、位置を確認してから砂堆の南を指差し、レミに合図を出した——一〇メートル。ふたりでまた水面に浮上し、サムを先頭に縦一列でその方向へ向かった。片目でGPSを、もう片方で自分の位置を確かめながら進んでいく。サムがまた止まって、人差し指を下に向けた。

鐘が砂堆から突き出ていた場所には、樽の形をしたくぼみがあるだけだった。ふたりは不安げに左右を見渡した。まずレミが目でとらえた。三メートルくらい右の水底に湾曲したギザギザがついていた。サイドワインダー《ヨコバイガラガラヘビ》がつけた痕跡のような曲線で、それがまた別のギザギザにつながっている。そのパターンが繰り返されていた。ふたりが目でたどっていくと、五メートルくらい先の砂から突き出している黒ずんだ塊が見えた。号鐘だ。

なにが起こったのか考え合わせるのに、想像力は必要なかった。夜のあいだに嵐の生み出した波が砂堆を洗い、号鐘のまわりの砂をゆっくりと、しかし着実に削り取った結果、鐘は安息の場所から転がり出たのだ。そこから波のうねりを受けて転がり、嵐が通り過ぎるまで物理の力と浸食と時間がそれぞれの仕事をしたというわけだ。

サムとレミは顔を見合わせ、興奮の面持ちでうなずいた。タンザニアの法律で〝特別な発掘方法〟は禁じられていたが、〈母なる自然〉が救いの手を差し伸べてくれたのだ。

ふたりは鐘に向かって泳ぎはじめたが、半分来たところでサムがレミの腕に手を伸ばし、止まれと伝えた。レミはすでに止まって前方を凝視していた。サムの目がとらえたものを彼女の目もとらえていた。

鐘は絶壁の縁で止まっていた。腰と肩と頭の部分が砂に埋まり、サウンド・ベルから口にかけてが水の虚空へ突き出ていた。

ふたりは水面に戻って呼吸をととのえた。レミが「大きすぎるわ」と言った。

「大きすぎるって、なにに？　動かすにはか？」

「ちがうの、スピーカー号のものにしてはって意味」

サムは考えこんだ。「きみの言うとおりだ。そこには気がつかなかった」

スピーカーの排水量は四五〇トンとなっていた。当時の標準にしたがえば、あの船の号鐘の重さは三〇キロに満たないはずだ。ふたりの見つけた鐘はもっと大きかった。

「どんどん好奇心がつのってくるな」サムが言った。「ボートに戻ろう。計画を立てる必要がある」

ボートまであと三メートルのところで、背後からディーゼルエンジンのたてる轟音が聞こえた。梯子にたどり着いて振り向くと、一〇〇メートルくらい向こうにタンザニア沿岸警備隊の小型砲艦《ガンボート》が見えた。サムとレミはアンドレイェールの後部甲板に上がって潜水用具を脱いだ。

「笑顔で手を振れ」と、サムがつぶやくような小声で言った。

「もめるかな?」レミが笑顔を浮かべながらささやき声で言った。

「さあな。すぐにわかるさ」サムは手を振りつづけた。

「タンザニアの刑務所は不愉快きわまるって聞いたけど」

「不愉快なのはどこの刑務所だって同じさ。比較の問題にすぎない」

ガンボートは一〇メートルくらいまで接近して方向転換し、アンドレイェールと平行になった。向こうの船首がこっちの船尾になる。サムにはすぐ、一九六〇年代の中国製ユーリン級巡視艇を改良した船であるのがわかった。こっちへ旅をするたび何度かユーリンを見かけていたし、もともと関心のあったサムには予備知識もあった。全長一二メートル、重量一〇トン、ディーゼルエンジン二基、六百馬力、三軸、ツインの一二・七ミリ甲板砲が前方と後方にひと組ずつ。

後部甲板にジャングル用の服を着た船員が二人立っていて、船首楼にも二人いた。全員が肩からAK-47を吊り下げている。ひと目で船長とわかるぱりっとした白服に身を包んだ長身の黒人が、船室から足を踏み出して手すりに歩み寄った。

「おーい」と、男が大声で呼びかけてきた。サムとレミが前に沿岸警備隊と遭遇したときとちがって、この船長はいかめしい顔をしていた。歓迎の笑顔もおどけた表情も浮かんでいない。

「おーい」と、サムも叫び返した。

「所定の安全確認検査です。いまからそっちに乗りこみます」

「どうぞ」

ガンボートのエンジンがゴロゴロ音をたて、ユーリンは船首を三メートルくらいまで近づけた。エンジンがアイドリングに戻り、アンドレイエールのそばにすっと停止した。後部甲板にいた乗組員が舷側から緩衝用《バンパー》のタイヤを放り投げ、手を伸ばしてアンドレイエールの手すりをつかんで引き寄せる。船長が手すりを飛び越え、アンドレイエール後部甲板のサムとレミのそばに、猫のように着地した。

「潜　水　旗《ダイバー・フラッグ》を掲げていますね」と、船長は言った。

「ちょっとシュノーケリングをしてまして」と、サムは答えた。

「このボートはあなたたちのですか？」

「いや、レンタルです」

「書類を」

「ボートの？」

「それと、潜水免許を」

レミが「取ってくる」と言って、小走りに下の船室へ向かった。

船長がサムに、「ここにはどんな目的で？」と質問した。

「ザンジバルに？　それともこの場所に？」

「両方ですよ」

「ただの休暇です。ここが楽しそうに見えたので。昨日も来たんです」

レミが書類を手に戻ってきて船長に渡すと、彼はまずレンタル契約書を、そのあと潜水免許を調べた。顔を上げてふたりの顔をつくづく見る。「サム・ファーゴとレミ・ファーゴ夫妻ですね」

サムはうなずいた。

「トレジャーハンターの」

「ほかにいい言葉が見つからないもので」と、レミが言った。

「ザンジバルで財宝探しですか?」

サムが微笑んだ。「そのために来たわけじゃないんだが、目はしっかり見開いているようにしています」。船長の肩の向こう、ユーリンの船室に色つきの窓があり、その向こうに暗くてよく見えないが誰かいることにサムは気がついた。彼らをじっと見ているような気がした。

「今回の訪問で何か見つかりましたか?」

「コインが一枚」

「こういう物事にまつわるタンザニアの法律はご存じですね?」

レミがうなずいた。「ええ」

ユーリンから、こぶしで窓を叩くコツコツという音がした。

船長は肩越しに振り返って、サムとレミに「ここで待っていて」と言い、手すりを乗り越えてユーリンに戻ると、船室に入っていった。一分くらいして出てくると、また手すりを飛び越えて戻ってきた。

「あなたたちの見つけたコインですが——どういうものか教えてください」

レミがなんのためらいもなく、「丸い銅製で、五十シリング硬貨くらいの大きさです。傷みがひどくて。なにも読めませんでした」と言った。

「いまお持ちですか？」

「いえ」と、サムが言った。

「難破船とか、特定の財宝を探しているわけではない？」

「そのとおりです」

「ザンジバルではどちらにお泊まりですか？」

嘘をついても意味はない、とサムは思った。彼らは返事の内容を確認するだろう。

「ケンドワ・ビーチのバンガローです」

船長は書類を返してよこし、ふたりのほうへ帽子を傾けた。「ではこれで」

そう言うと、手すりを越えてユーリンの船室へ戻っていった。ガンボートのエンジンがとどろき、船員たちが船を押して離すと、船首が風上側に回り、西の海峡へ針路を取った。サムは大股で前に二歩進むと、首をひっこめて船室に入り、双眼鏡を手に戻ってきた。目に当ててユーリンに向ける。二十秒くらいして、彼は双眼鏡を下ろした。

「どうしたの？」と、レミがたずねた。

「船室に誰かがいて命令を出していた」

「窓をコツコツ叩いた人？」と、レミ。「どんな人か見えた？」

サムはうなずいた。「黒人ではなく、制服も着ていなかった。ヒスパニックみたいな感じだ——地中海の人種かもしれないが。痩せていて、鷲鼻に、太い眉」

「タンザニア市民でもないのに沿岸警備隊とその乗組員をあごで使えるなんて、そんな権限を持てるのは、どういう人種？」

「深いポケットの持ち主、裕福な人間だな」ふたりともタンザニアとザンジバルとその住民は大好きだが、政治の腐敗や役人の汚職が日常茶飯事である点に議論の余地はない。タンザニア人の大半は一日、二、三ドルしか稼げない。軍人もそれよりすこし多い程度だ。「しかし、まだ先走らないようにしよう。まだなにもわかっていないんだし。ただ、ちょっと訊いておきたいことがあるんだ、レミ。コインのことでなぜ嘘をついた？」

「直感で、とっさにね」と、レミは答えた。「嘘をつくべきじゃなかったと――」

「いや。同じような虫の知らせを、ぼくも感じたよ。タンザニアの沿岸警備隊はユーリン二隻で主要な沿岸と海峡とザンジバルを守っている。どうも、わざわざぼくらを探してやってきたような印象を受けた」

「わたしもよ」

「それに、安全確認検査なら、さっきのはなんの値打ちもない。救命具や無線のことも、潜水用具のことも訊いてこなかった」

「だいいち、満面に笑みをたたえていなくて愛想もよくないタンザニアの役人に、最後に会ったのはいつ？」

「いちどもなかったことだ」と、サムが答えた。「アデリーズのコインだが――」

レミは潜水用ショートパンツの横ポケットのファスナーをはずすと、コインを取り出し、それを掲げてにっこり笑った。

「それでこそぼくの妻だ」と、サムが言った。

「あの人たち、バンガローを捜索するかしら？」

サムは肩をすくめた。

「状況を考え合わせると、どういうこと？」と、レミが考えこむような表情で言った。

「見当もつかないが、この先、外に出るときは足元に気をつけよう」

5

ザンジバル

次の一時間は、後部甲板に腰をおろして氷水で喉をうるおしながらアンドレイエールのおだやかな揺れを楽しみ、船体を洗う波の音に耳を傾けていた。ユーリンの警備艇は離れていって三十分もたたないうちに、あと二回姿を見せた。一・五キロくらい離れたところをまず北から南へ、そのあとこんどは南から北へ巡航していった。それからあとは戻ってきていない。

「鐘が縁から転げ落ちていないか、心配せずにいられないわ」レミが言った。「心の目にその光景が浮かんできちゃう」

「ぼくもだが、引き揚げている最中にやつらが戻ってくるよりはましだな。あと二十分待とう。最悪でも、たぶんまだ鐘にはたどり着ける」

「たしかにそうだけど、水深五〇メートル近くになると、状況は運まかせになってくるわ。潜るだけならそんなに大変じゃないでしょう。でも、鐘を見つけるのはちょっと骨かも」と、レミが言った。大きな鐘とはいえ、五〇メートルも坂を転げ落ちたらどこへ行ってしまうかわからない。食堂《ダイニング》で子どもが落としたビー玉がキッチンの冷蔵庫の下にもぐりこんでいた、みたいに。「見つかったとしても、水面に運び上げるのがまたひと苦労。もっとましな潜水用具やコンプレッサーやリフトバッグやウインチがないと……」

サムがうなずいていた。そのレベルの活動が、詮索の目や好奇の目を免れる可能性はない。ストーン・タウンで道具をレンタルしただけで――たとえ匿名であっても――噂の風車は回りはじめる。その日の終わりには――ひょっとしたら、ユーリンの警備艇とあの謎の船客も含めて――海岸線と沖の船の両方に野次馬がいるだろう。

「落ちていないことを願おう」と、サムは言った。

アンドレイエールを鐘の一〇メートル圏内まで近づけた。サムは船べりを越え、水面に露出した岩の向こうへ錨を押しこむと、またボートに上がり、ストーン・タウンで買ったアンカー・ロープをふたりで繰り出していった。太さ二センチ、全長三〇メートルのしっかり編みこまれたロープだ。それで輪を作って後方の左右の船べりについている索止めにかけ、スクリュー連結式のD環で固定した。ロープの残りは船尾から放り投げる。二分後、ふたりはシュノーケリング用具を着けてフィンで水面を進み、後ろにロープを引いていった。

驚いたことに、鐘はさっきの場所でまだ絶壁の縁にのっていたが、予想以上にまずい状況であることがすぐにわかった。口の下の砂がふたりの目の前ですり減っていくのだ。砂と石の固まりを、海流がすこしずつ引き剝がしていく。

レミがロープの端を潜水ベルトのD環に通してサムにロープを渡すと、彼も同じことをして、ロープのD環を締めつけた。

フィンで水面に上がり、五、六回、肺いっぱいに空気を吸ってから、また潜りなおした。

サムがレミに合図を出した――写真だ。最悪、鐘を失ったとしても、写真があれば正体解明のチャンスだけは残る。レミが撮りはじめるあいだにサムはフィンで前に進んだ。縁の向こうが見えてきた。絶壁は完全な垂直ではない。六〇度か六五度くらいの傾斜がついていた。だからどうというわけではない。レミが推測したように、鐘はスピーカーのより一〇キロ以上重そうだ。転げ落ちる場合は、垂直落下のときより速度が鈍るだろうが、その差は微々たるものだろう。

そのとき、どこかから合図《キュー》が出たかのように鐘の下の砂がくずれた。頭の部分が上に傾き、一瞬ぴたりと動きを止めたが、次の瞬間、口の側から絶壁をすべりはじめた。

直後に後悔したが、サムはとっさに脚をたたんで鋭いドルフィンキックをひとつくれ、縁を越えて鐘を追っていた。「サム!」レミのくぐもった叫びが聞こえたが、それが消えて、かわりに激しい潮流が押し寄せてきた。体が幾多の砂を浴び、一千匹の蜂に刺された心地がした。宙返りで体勢を立てなおし、砂堆の方向でありますようにと願いながら、手を伸ばした。目いっぱい伸ばした右手の指が硬いものに当たり、小指に鋭い痛みが走った。痛みは頭から追い払ったが、鐘のスピードが上がった気がした。ブルドーザーの刃の役目を果たしていた口の部分が、勢いという物理学の前に敗れ去っていく。肺が酸素の最後の何分子かを消費しはじめ、めまいがしてきた。頭の血管が砲撃のように激しく脈を打つ。

感触だけを頼りに鐘の腰にすべらせた手が、頭の部分を越えた。指が頭頂部に開いた口を探し当てる。左手でD環をつかんで、ロープを頭頂部に通した。連結部を回して固定する。

鐘の動きがくんと止まった。ロープがビーンとくぐもった音を吐き出す。手がかりを失ったサムは下へすべりはじめた。両手で鐘の表面を叩きながら、必死に指で手がかりを探す。ない。手のひらが隆起した部分を通過した。小指にまたチクッと刺すような痛みが走った。玉縁《ビードライン》だ。鐘の口の真上にある膨らんだ箇所に指先が届いた。もう片方の手を伸ばしてラインをつかみ、懸垂の要領で体を持ち上げ、引きこもうとする潮流にあらがって両足を蹴っていくと、やがて錨のラインが見えてきた。渦を巻く砂のなかに編み上げた真っ白なロープがある。サムはそれをつかんだ。手の甲に誰かの指が触れた。薄暗がりから人の顔が現われた。レミだ。彼女は錨のラインをたどって下へ降り、伸ばした手でサムの右手首をつかんで引いた。

サムは本能的にロープをつかみ、そこをよじ登りはじめた。

十分後、サムは目を閉じてデッキチェアに腰かけ、太陽を背に頭を後ろに傾けていた。二分くらいそうしてから頭を水平に戻して目を開くと、レミが船べりに腰かけて彼を見ていた。彼女は体をかがめ、サムに水のボトルを手渡した。

「気分はどう?」と、彼女は優しい声でたずねた。

「ああ、ずいぶん良くなってきた。しかし、小指を痛めた。ズキズキする」彼はその指を持ち上げて調べた。まっすぐだが腫れている。曲げてみて顔をしかめた。

「折れてはいない。テーピングでなんとかなりそうだ」

「ほかはだいじょうぶ?」

サムはうなずいた。

「よかった、まずはひと安心」と、レミが言った。「サム・ファーゴ、あなたはばかよ」

「なんだって?」

「なにを考えてたの? 鐘を追いかけていくなんて?」

「体が勝手に反応したんだ。しまったと後悔したときは手遅れだった。ええい、乗りかかった船だ――」

「海底への片道旅行よ」レミは顔をしかめ、頭を振った。「冗談じゃないのよ、ファーゴ……」

「悪かった」と、サムは言った。「それと、助けに来てくれてありがとう」

「ばか」レミはもういちどそう言うと、立ち上がって歩み寄り、頬にキスをした。「だけど、わたしのおばかさんよ。お礼を言う必要はないわ。とにかく、帰ってきてくれてよかった」

「まだあいつはいると言ってくれ」サムはそう言って、あたりを見まわした。「あいつは消えていないよな?」まだすこし頭がぼんやりしている。レミが船尾の向こうを指差した。錨のラインがピアノ線のようにぴんと張りつめ、弧を描いて水中に没していた。

「あなたがうたた寝しているあいだに絶壁から引き離しておいたわ。縁から一五〇センチくらいのところにいるはずよ」

「すばらしい」

「あんまり興奮しすぎないで。まだあれを吊り上げなくちゃいけないんだから」

サムが微笑んだ。「心配するな、レミ。物理学はぼくらの友だちだ」

しかし、サムのアイデアを応用する前に、大きな力を働かせる必要があった。サムは痛めた小指にダクトテープを巻きつけ、船尾に立って錨のラインのたるみを取り除いた。そのあいだにレミはアンドレイェールのエンジンを逆転させ、サムが手で出す合図にしたがって、鐘のほぼ真上につけた。索止めからラインをはずして、たるみを完全に取り除き、また輪を作ってしっかり固定する。

サムが大声で指示した。「ゆっくり前進だ。そろーりと」

「了解」

レミはスロットルをいちどに〇・五センチくらいずつ前に押しやった。サムは船尾に身をのりだして顔のマスクを水につけ、砂地を押し進む鐘の動きを見守っていた。絶壁の縁から五、六メートル離れたところで「停止」と叫んだ。レミがボートを減速させる。

サムはマスクを顔につけて水中に潜り、獲物を仔細に調べた。一分くらいして水面に戻ってきた。「いい感じだ。フジツボもそんなに生えてない。つまり、たぶんあの砂堆に相当長いあいだ埋もれていたってことだ」

レミは手を伸ばし、サムがボートに上がるのを助けた。そして、「破損は？」とたずねた。

「目でわかるかぎり、まったくない。ぶあついぞ、レミ。たぶん、目方は四〇キロ近くある」

彼女はピューと小さく口笛を吹いた。「大物ね。じゃあ、このくらいだと……うーん、船の排水量は一〇〇〇トンくらい?」

「ないし一二〇〇トンといったところか。スピーカーよりずっと大きい。アデリーズのコインとあの号鐘が近くにあったのは、まったくの偶然だったんだ」

鐘が海峡へ落下する危険がなくなったので、アンドレイエールの錨を上げて北に一〇〇メートルほど進み、速度をゆるめて島の足首あたりの入り江を通り、スチレットヒールにあたる部分の礁湖《ラグーン》に出た。

大きさは縦横八〇〇メートルくらいで、マングローブの沼と言ったほうが近い感じだ。水面から二十個以上〝浮き島〟が突き出ている。マングローブの節くれだったむきだしの根が飛び出ていて、その上に土のついたキノコの帽子が見えた。浮き島の大きさは、立つのがせいぜいのものからガレージふたつ分くらいまでさまざまだが、どれもびっしり草に覆われ、大半が雑木と灌木の小さな森を支えている。沼の南端に狭い浜辺があり、その向こうにココヤシの低い林があった。不気味なくらい静かで、空気はそよとも動かない。

「同じ世界とは思えない光景だわ」と、レミがつぶやいた。

「マッドハッターやアリスがいる気配は?」

「ないわね。くわばらくわばら」

「作業を再開しよう。焼けつくような日射しだ」

ふたりは浮き島の間を縫って浜辺のすぐ沖に錨を下ろし、水中を歩いて陸に上がった。

「何本必要かしら？」と、レミが言った。鳶《とび》色の髪を片手で手際よくカールして首から離し、輪ゴムをパチンとはめて、さっぱりした房にまとめた。

サムが微笑んだ。「魔法のようだな、その手際」

「わたしたちは〝驚くべき種《しゅ》〟だもの」レミは笑顔でそう言って、シャツのすそから水を絞り出した。「で、何本？」

「六本。いや、五本だ」

「ストーン・タウンで必要なものを調達して、こっそり戻ってくるわけにはいかないのね？」

「危険を冒したいのか？　あの警備艇の船長が喜んで逮捕しにくるような気がするぞ。こっちの言ってたのが嘘だと思われたら……」

「たしかにそうね。いいわ、ギリガン君（六〇年代アメリカのテレビドラマの主人公）、あなたの言う筏《いかだ》を造りましょう」

倒木を見つけるのは簡単だったが、扱いやすい大きさのを見つけるのはすこし苦労した。サムが五本の候補をえり分けた。電信柱くらいの太さがある。レミといっしょに一本一本浜辺に引きずっていき、一列に並べた。

サムが作業にとりかかった。構造は単純そのもの、と彼は説明した。そばにあった流木をつかんで砂に設計図を描く。

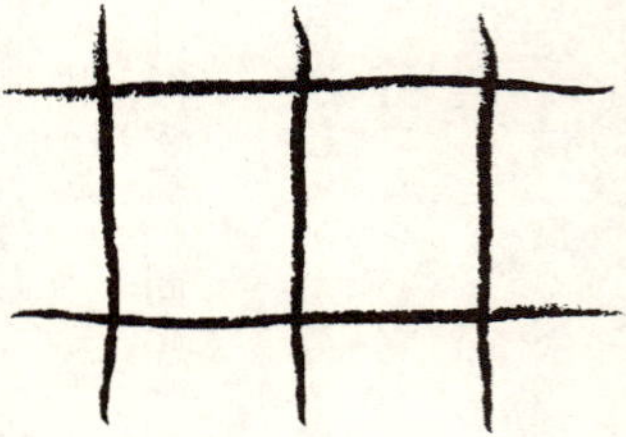

「クイーン・メリー号とはちょっとちがうわね」レミが笑顔で感想を述べた。

「あれを造るには最低あと四本必要だな」と、サムが答えた。

「端が突き出ているのはどうして？」

「理由はふたつ。安定性とてこの力だ」

「てこって、なにに使うの？」

「すぐわかる。いま必要なのは、ロープだ――二メートルくらいのが三十本」

レミが敬礼した。「仰《おお》せのままに」


一時間後、サムは体をまっすぐ起こして、自分の作品をしげしげとながめた。細めた目を見て、レミには夫の頭のなかに方程式が描かれているのがわかった。しばらくしてサムがうなずいた。「よし。これで浮力は充分だ」と、彼は明言した。「二割がた余裕も見こんだ」

筏を牽引して、さきほどの入り江から引き返し、島の西側へ行って、海岸ぞいを南下し、鐘の休息地の上に戻った。サムが鉤《ギャフ》で筏をぐるっとアンドレイェールの陸側に移し、索止めに固定した。

「もう一回近くを通る予感がする」サムはそう言って、デッキチェアに腰をおろした。レミも加わり、ふたりで水を飲みながら海を見つめていると、三十分後、ユーリンが一キロくらい北に姿を現わした。

「いい読みだったわね」と、レミが言った。

ユーリンが歩行速度くらいまで減速した。アンドレイエールの後部甲板から、向こうの後部甲板に立っている白い制服の人物が見えた。日射しを受けて双眼鏡のレンズがきらりと光る。

「笑顔で手を振れ」と、サムが言った。

ふたりいっしょに手を振ると、相手は双眼鏡を下ろして船室に消えた。ユーリンは船首を回して北へ向かいはじめた。警備艇が島のカーブを回って姿を消したのを確認して、サムとレミは作業に戻った。

サムはフィンとマスクを着けて、準備しておいた錨を手に、船べりから水中に飛びこんだ。微調整しながら鐘の上に筏を定める。錨のラインの端を筏の遠い側にしっかり結びつけて、ぴんと張るまで斜めに潜り、錨の鉤爪を砂に押しこんだ。

水面に戻ると、レミの投げたロープをつかんで、筏の真ん中の木にかけ、水中に潜って、鐘の頭頂部にD環で固定した。一分後、アンドレイエールの後部甲板に戻って、レミのロープを両方の索止めに固定する。

サムは両手を腰に当てて配置を値踏みした。

レミが笑顔を浮かべ、横目で彼を見た。「ご満悦ね？」

「そのとおり」

「その資格は充分よ。わたしの恐れを知らないエンジニアさん」

サムはパンッといちど手を叩き合わせた。「さあ、やってみよう」


運転席のレミにサムが大声で、「ゆっくり前進」と指示をした。

「ゆっくり前進」と、レミが復唱する。

船尾の下で水があぶくを立て、アンドレイエールは三〇センチ、また三〇センチと、すこしずつ前進した。ロープが水中から上がってきた。筏の横桁がくぐもった音をたてる。

「いいぞ」サムが叫んだ。「そのまま」

錨のたるみの分だけ筏が動き、わずかに船尾に近づいた。

「さあ来い」サムがつぶやいた。「さあ……」

筏の遠い側で錨のラインがぴんと張りつめ、震えながら、アンドレイエールが筏を引く力にあがった。サムはマスクを着け、船べりの上から体を折って顔を水につけた。三、四メートル下で、鐘が海底から五、六センチ浮いていた。

レミが呼びかけた。「どう？」

「いいぞ。そのまま続けて」

いちどに三〇センチずつ慎重に鐘を吊り上げていくと、最後に頭頂部が水面を突き破り、横桁に当たってゴツッと音をたてた。

「ゆっくり、アイドリング！」サムが命じた。「その位置を維持」

「アイドリング！」と、レミが復唱した。

サムは二メートルのロープを甲板《デッキ》からつかみ、船べりを越えた。水を三回かくと、筏にたどり着いた。鐘の頭頂部に五回輪を通し、横桁にもやい結びでしっかり固定する。子牛を縄で縛りつけたカウボーイのように、サムは両手を突き上げて勝利を誇示した。

「やったぞ！」と、彼は叫んだ。

アンドレイエールのエンジンがプツプツ音をたてて静かになった。レミが後部甲板に歩み寄って笑みを浮かべ、親指を立てた夫に同じしぐさを返した。

「おめでとう、ファーゴ」と、彼女は呼びかけた。「次は？」

サムの顔からすっと笑顔が引いた。「さあ、どうしよう。まだ考えている途中だった」

「そうくるとはね」

6

ザンジバル

とはいっても、じつは、考えることなどなにもなかった。鐘を牽引してバンガローに引き返すわけにはいかない。いま必要なのは、確認と手配をするあいだ鐘を隠しておける安全な場所だ。

ユーリンとの遭遇を大げさに考える必要はないのかもしれない。それはわかっていたが、ふたりとも自分の直感を信じるようになっていたし、今回はふたりの直感が一致していた。ユーリンが最初やってきたのも、再度現われたのも、偶然ではない。あの船長はかたちを変えて同じ質問をしていた。つまり、ファーゴ夫妻は何か特定のものを探しているのか？　これは、誰かが――ユーリンの船室に隠れていた正体不明の人物かもしれないが――何か大事なものが発見されはしないかと、心配しているのではないか？　その大事なものとは、あの号鐘なのか、アデリーズのコインなのか、まったく別の何かなのか？

「問題は」サムが言った。「相手の出かたを見るか、すこし木を揺すってみるかだ」

「わたし、手をこまねいているのは好きじゃないわ」

「知ってる。ぼくもだ」

「なにを考えていたの？」

「隠し事のある人間のようなふりをする」

「隠すべきものならあるじゃない」と、レミが返した。「自家製の筏に吊り下げた重さ四〇キロ近い鐘が」

これを聞いてサムは笑った。彼の妻は問題の核心に踏みこむ才能の持ち主だ。

「ぼくらの見立て違いでなければ、やつらは――何者かは知らないが――たぶんもうバンガローを捜索した」

「だけど、なにも見つからなかった」

「そのとおり。だから警戒を続け、こっちが帰るのを待つ」

レミが笑顔でうなずいていた。「ところが、わたしたちは帰らない」

「そのとおり。ぼくらを探しにくるようなら、企みが進行中という確信が持てる」

「いま、〝企みが進行中〟って言った？　本気？」

サムは肩をすくめた。「どんな企みなのか、確かめてみようと思ってね」

「おお、シャーロック……」レミはぎょろりと目を回して、あきれ顔を浮かべた。


鐘と筏を牽引して、来た道を引き返し、入り江を通ってラグーンに着いた。あと二時間もすれば夜の帳《とばり》が下りる。筏を隠すのに都合のいい場所がないか、一時間かけてラグーンの周辺を探していくと、東の岸に見つかった。岸からヌマスギの群れが斜めに伸びていた。サムは上に張り出した枝の下にギャフで筏をそっと引き寄せ、水中に潜って木の幹に縛りつけた。

「これでどうだ？」サムが遮蔽《スクリーン》の向こうから大声でたずねた。

「なんにも見えない。そのなかに入りこまないかぎり、見つからないわ」


入り江の入口に戻り、そこでサムが糸を使って小さなバラフエダイを四匹捕まえた。ラグーンに戻り、水中を歩いて浜辺に上がる。魚を切り身にする腕前はレミのほうが上だ。彼女がバラフエダイをきれいに洗って準備しているあいだに、サムは火を起こす焚き木を集めてきた。やがて切り身がジュージュー音をたてはじめ、ココヤシの木々の向こうに沈む夕日をながめながら、ふたりで頬張った。

「ねえ、わたし、文明から離れた暮らしが好きみたい」レミがそう言って、切り身を口に放りこんだ。「つまり、かなりって意味だけど」

「わかるよ」サムには理解できた。レミは頼りになる相棒だ。困難を前にしおれたことはないし、泥のなかでも雪のなかでも、銃撃を受けても追跡を受けても、かならずいっしょにいてくれる。後ろ向きになった彼女には、めったにお目にかかれない。ではあるが、レミは快適さも愛している。サムも同じだ。「謎の鐘の一件が落着したら、ダルエスサラーム（タンザニア最大の都市）で〈ロイヤル〉のスイートを取って、バルコニーでジン・アンド・トニックを楽しんで、クリケットの試合に賭けよう」

レミの目がぱっと輝いた。モーヴェンピック・ロイヤルパーム・ホテルはダルエスサラーム唯一の五つ星ホテルだ。「わたしのこと、よくわかっているわね、サム・ファーゴ」

「しかし、その前に」と彼は返し、太陽を見て腕時計で時間を確かめた。「お客さんを迎える準備をしないとな」

夜の帳が下りると、ラグーンはコオロギの鳴き声で活気づいた。岸に並んだ木々と浮き島の上の低木で蛍の光が明滅している。サムは大きめの浮き島をふたつ見つけて、その間にアンドレイエールを導き、船首を西に向けて錨を下ろした。空は澄みきっていた。黒を背景に針先のような星の光がちりばめられ、半月にぼんやりとプリズムのような輪がかかっている。

「明日は雨かもしれない」と、サムが観察の結果を口にした。

「あの迷信は南半球にも当てはまるの?」

「そのうちわかるさ」

サムとレミは真っ暗な後部甲板でコーヒーを飲みながら、蛍の光のショーをながめていた。この位置ならラグーンの入口と浜辺の両方が見える。浜辺には、ロッカーにあったキャンバス地のシートで、間に合わせのA形テントを張ってあった。キャンバスの向こうでランタンがかすかな黄色い輝きを放っている。テントの一メートルくらい外に、小さなかがり火があった。サムがひと晩じゅう火を絶やすことがないよう、それに見合ったココヤシの丸太を手に入れてきたのだ。

レミがあくびをした。「長い一日ね」

「下に行って、すこし眠ってこい」サムが言った。「最初の当直は引き受けた」

「それはご親切に。二時間したら起こしてね」

サムの頬をちょんとつついて、レミは退散した。


最初の二度の当直は何事もなく過ぎた。三度目の終わりが近づいた午前三時前、サムは遠くからかすかなエンジン音が聞こえた気がしたが、音は次第に消えていった。五分後、その音が戻ってきた。こんどはさっきより大きく、距離も近い。北の方向だ。サムは双眼鏡でラグーンの入口をざっと見渡したが、入り江を勢いよく通り抜ける水流が水面に立てるさざ波くらいしか見えなかった。エンジン音はまた次第に消えていった。いや、次第にじゃない。サムは心のなかで訂正した。ぷつんと消えたんだ。エンジンを切ったみたいに。彼はもういちど双眼鏡を持ち上げた。

一分経過した。二分。そのとき、入り江に暗い形が現われた。サメの丸い鼻先に似たものが水面の七、八〇センチ上に浮かんで見えた。ゾディアックのゴムボートは、人が歩く速さよりゆっくりと、入り江からラグーンの入口へ音もなく進んできた。三十秒後、また別のゾディアックが現われ、さらに三艘目が続いた。一列縦隊で一五メートルくらい移動したあと、隊形を組んで右に方向を転じ、ラグーンのなかへ入ってきた。

サムは首をひっこめて抜き足差し足で梯子を下り、寝台に歩み寄ってレミの足に触れた。彼女の頭が枕から飛び上がった。サムが「お客さんだ」とささやく。レミはひとつうなずいた。ふたりは何秒かで後部甲板に戻り、船べりを越えて水中にすべりこんだ。サムはとっさに舷側の上へ手を伸ばし、ひとつだけ武器になりそうな鉤《ギャフ》の棒を取付金具からつかみとった。

計画のリハーサルはすませていたし、いちばん近い浮き島まで、平泳ぎで十秒という短時間でたどり着いた。レミを先頭に、むきだしになったマングローブの根の間をのたくるように進み、慎重に迷路を通り抜けていくと、真ん中にぽっかり開いた穴にたどり着いた。あらかじめこの空洞は調べてあった。直径は一メートル弱で、高さは二・五メートルくらい。上に行くと土とキノコの傘の下に出る。ふたりの周囲には、ネズミの尻尾のような細長い根と蔓が垂れ下がったり巻き上がったりしていた。黴《かび》と黒土のにおいがねっとりたちこめている。

もつれあった根のすきまから、三メートル右のアンドレイエールが見えた。サムとレミが抱きあうくらいぴったり身を寄せあって、いっしょに体の向きを変えていくと、ラグーンの入口が見えた。最初はなにもなかった。月に照らされた暗い水と静けさだけだ。

そのあと、ブンと、感知できないくらいかすかな音がした。

サムがレミの耳に口を寄せた。「電動船外機《トローリング・モーター》が付いたゾディアックのゴムボートだ。ものすごくゆっくり進んでいる」

「ゾディアックなら、おそらく母船がいるわ」と、レミがささやき返した。

的を射た推測だった。ゾディアックはザンジバルの沿岸水にも対応可能だが、たいていの電動船外機は航続距離が限られている。速度もせいぜい四、五ノットだ。お客さんが何者かは知らないが、近くのどこかから発進したはずだ。もっと大きな船がいるというレミの指摘は正解の可能性が高そうだった。

「サンタのためにお菓子は置いてきてやったかい？」と、サムが訊いた。

レミはうなずいた。「すこし見まわす必要があると思うけど、全部置いてきた」

二分経過したところで最初のゾディアックが見えた。二〇〇メートルくらい右だ。二艘目も同じくらいの距離だが、こっちは左に現われた。その直後、三艘目がすーっと視界に入ってきた。ラグーンの中央を進んでくる。どれも小さな光ひとつ見えないが、灰色の月光を受け、それぞれの後部にひとつだけ影絵のような姿が浮かんでいる。

ゾディアックのゴムボートが三艘、横に並んで進んできた。誰も一言も発せず、懐中電灯すらつけずに……。夜間水上サファリの観光客ではない。

「武器は見えたか？」と、サムがささやいた。

レミは首を横に振った。

そのあと何分かで、三艘のゾディアックは浮き島の間と周囲を縫うように進み、ついにアンドレイエールから五〇メートルまで近づいてきた。

サムはレミの肩を軽く叩いて注意を引き、親指をぐいと下に向けた。水面上に目と鼻だけ出るくらいまで、いっしょに体を沈めていく。

リーダーのボートとおぼしき真ん中のゾディアックが、まずアンドレイエールにたどり着いて船首斜檣《バウスプリット》に近づき、乗り手が片手で手すりをつかんだ。男の顔が横向きになった。ひょろ長い顔に鷲のような鼻は見まちがえようもない。ユーリンにいた謎の男だ。

編隊飛行のように、残り二艘のゾディアックがアンドレイエールの左右の舷側にすっとつけて、船尾で合流した。何秒かで両名とも手すりを乗り越え、後部甲板に立っていた。サムとレミが隠れている場所にいちばん近い男が肩に手を伸ばし、何かをつかんでその手を下ろした。鋼鉄に月光がきらめく。ナイフだ。

水中で、レミの手がサムの手を見つけてぎゅっと握りしめた。サムも握り返す。そして彼女の耳に、「ここは安全だ」とささやいた。

二人の男は船室に姿を消し、一分くらいで戻ってきた。一人が船べりから身をのりだして〈鷲鼻〉に合図を送ると、〈鷲鼻〉は合図を返してゾディアックを押し出し、方向転換して浜辺に向かった。浜に上がると、彼もナイフを抜いた。ゆっくりと、しかし着実に、ランタンに照らされたサムとレミのテントへ静かに進んでいく。テントのなかをのぞき、体を起こして浜辺とココヤシの木々を三十秒ほどざっと見渡してから、ゾディアックに引き返した。その二分後、残りの二人といっしょにアンドレイエールに乗りこんだ。

初めて一人が口を開いた。〈鷲鼻〉がスペイン語で何事かつぶやくと、あとの二人はまた首をひっこめて船室に戻った。アンドレイエールが揺れはじめた。戸棚《キャビネット》の扉が開き、勢いよく閉められる音がした。ガラスの割れる音が続く。懐中電灯の光が動きまわり、それが舷窓から漏れてくる。これを五分続けたあと、二人の男はまた後部甲板に出てきた。一人が〈鷲鼻〉に小さな物体を手渡し、〈鷲鼻〉はしばらく調べてから船室の梯子に投げ返した。カンと音をたて、段に当たりながら落ちていく。もう片方の男が〈鷲鼻〉に黄色いメモ帳を渡した。〈鷲鼻〉は仔細に調べて男の手に戻した。男がデジタルカメラを取り出し、問題のページの写真をフラッシュ撮影した。メモ帳が船室に投げ返される。

レミの耳にサムがささやいた。「まるごと信じてくれたらしい」

〈鷲鼻〉と仲間がゾディアックに戻って漕ぎだした。サムとレミが驚いたことに、三人は入り江に向かわず、ラグーンの捜索を開始した。まず、岸から。懐中電灯の光が土手の上と木々の間をかすめていく。ゾディアックの一艘が鐘を隠した場所に近づき、サムとレミは息を殺して見守ったが、ボートは速度を落とさず、懐中電灯は小揺るぎもしなかった。

最後に三人はラグーンの入口にたどり着いて岸の調べを終えたが、入り江には向かわず、ふたたび方向転換して横に隊列を組み、浮き島を調べはじめた。マングローブの突き出た部分をざっと懐中電灯で照らしてから次に移っていく。

「これはまずいかもしれない」と、サムがつぶやいた。

「とってもまずいわ」と、レミが同意する。

サムとレミが知る必要のあったことを、引き抜かれたナイフが教えてくれた。何者かは知らないが、平気で暴力を振るう手合いだ。アンドレイイェールかテントにいたら、いまごろ命はなかっただろう。

「アンドレイエールに引き返す?」と、レミが提案した。

「やつらがもう一回乗りこんできたら、身動きがとれなくなる」

「提案があるなら、どうぞ」

サムはすこし考えて、「一石二鳥作戦はどうだ?」と言った。そして計画を説明した。

「危険をともなうわ」と、レミが言った。

「うまくいかせてみせる」

「いいわ、でもほかの方法がなかった場合に限ってね」

「わかった」

彼らはゾディアックの状況を見守った。このまま続けていけば、右の男が二分以内に隠し場所に着く。あとの二人は三十秒先を行っている。運がよければ、先に捜索を打ち切って、入り江の入口へ引き返すだろう。

「指を十字に重ねろ」と、サムがレミに言った。

「もう祈ったわ」彼女はそう答えて彼の頬にキスをした。「運をもうすこしって」

サムは水中に頭をひっこめ、木の根の間を通り抜けて障害物のない開けた水面に戻った。三艘のゾディアック全部を目でとらえるよう最善を尽くしながら、根の裏側に回りこむ。三十秒後、視界の左のほうに〈鷲鼻〉と相棒の姿がすっと入ってきた。それぞれ受け持ちの最後の浮き島をざっと目で調べると、方向転換して入り江のほうへ戻っていった。最後のゾディアックはまだ調べを続けている。一〇メートルちょっと先だ。

「アプラテ！」と〈鷲鼻〉が叫んだ。スペイン語で、急げ、という意味だ。

サムの標的が片手を上げて命令に同意した。

一〇メートルを切った……五メートル。

サムは止まらずに、時計回りでマングローブの根を回りこんだ。そこで止まって、あたりを見まわす。ゾディアックとの距離は三メートルくらいだ。サムは状況を見守り、ゾディアックの船首が反対側を回りこんで視界から消えるのを待って、ラグーンをちらっと振り返った。ほかの二艘は一〇〇メートルくらい先をまだ移動中だ。

サムは大きく息を吸いこむと、鉤《ギャフ》の棒を手に頭をひっこめ、二度水を蹴ってマングローブの根を回りこみ、目をひょいと水上に出した。ゾディアックの後部は一・五メートル先をゆっくり進んでいた。乗っている男がモーターのスロットルに片手をかけて横に身をのりだし、懐中電灯でマングローブをざっと調べる。サムは足を半分蹴って、ゾディアックの三〇センチ以内に近づいた。伸ばした左手をゴムの側面にそっとかけ、水中からギャフを持ち上げて後ろへ引き、釣りの疑似餌《ルアー》を投げるときの要領でひゅっと振り出す。鋼鉄の先端が男の側頭部、耳の真上をとらえた。男は「うっ」とうめき、それから横倒しになった。頭が水に浸かる。サムが次の動きを起こす前に、レミが男の頭を持ち上げ、体を転がすようにゾディアックへ戻した。サムは肩越しに振り返った。〈鷲鼻〉と相棒はもう二〇〇メートル近く離れていた。

「ヤオトル！」〈鷲鼻〉の声が水上に響き渡った。

サムは「急げ」とレミに言い、ゾディアックに乗りこんで、モーターの前の座席に着いた。「左側にいろ。アンドレイエールまで引き返すから」

レミは泳いで回りこみ、二本の指でオール・フックをつかんだ。サムがモーターを回すと、ゾディアックはマングローブの後ろからすべり出た。ヤオトルが取り落とした懐中電灯を見つけ、拾って、あと二艘のゾディアックに向けると、二艘が動きを止めた。サムは光を二度点滅させて、さりげなく片手を上げ、これで用が足りますようにと祈った。息をひそめる。

ゾディアックからはなんの反応も返ってこなかった。十秒が過ぎた。そのあと懐中電灯が二度明滅し、片手が上がった。「ヤオトル……アプラテ！」

サムはゾディアックをアンドレイエールの船尾に導き、ボートの長さを利用して動きを隠した。レミが船に上がり、ふたりでヤオトルを船べりの上から転がした。ヤオトルは後部甲板にどさりと落ちた。

「どうする？」と、レミがたずねた。

「ふんじばれ。索止めに手足を縛りつけて、検査しろ。ぼくは新しい友人たちに追いつかなくちゃならない」レミが口を開いて反対しようとしたが、サムがその前に「マスクと双眼鏡をくれ」と言った。レミは船室から両方持ってきて、交換にサムのギャフを受け取った。「心配するな、レミ、ちゃんと距離はとる」

「とれなくなったら？」

「災難に遭う」

サムは彼女に片目をつぶり、エンジンを回転させて走り去った。

〈鷲鼻〉ともう一人は進みつづけていた。サムがラグーンの中間地点にたどり着いたときは、入り江に向かって西に方向転換しようとしていた。サムは入り江の全体像を頭に呼び起こし、二、三度急いで計算してから進みつづけた。入口まで一五メートルのところで減速してエンジンをアイドリングにし、耳を澄ませた。ほかにモーターの音はしない。エンジンの回転数を上げ、さらに進んで、方向転換した。一〇〇メートルくらい前方で、二艘が縦一列で入り江を通り抜けようとしていた。その一キロくらい先からチュンベ島の砂州に入っていく。双眼鏡を持ち上げて海峡を見渡した。動いているものはない。一五キロ圏内は真っ暗だ——一カ所を除いて。南西一・五キロ、水辺から一〇メートルくらいのところにひとつだけ白い光が浮かんでいた。投錨中の船を示す国際信号だ。船自体は正面を向いていた。先の細い船首に、ぴかぴかの白い上部構造。豪華快走船《ラグジュアリー・ヨット》なのは明らかだ。ひょっとして、あれが母船か？

〈鷲鼻〉と相棒が左に針路を変え、一瞬視界から消えた。災難に備えろ。サムは減速して左に針路を変え、ゾディアックをそのまま砂上に着かせた。急いで周囲を見まわすと、必要なものがあった。短剣のような形をした岩石だ。それをつかんでゾディアックを入り江のほうへ押し戻し、飛び乗って、また進みはじめた。

　これまでのところ、サムの運は持ちこたえている。〈鷲鼻〉も相棒も二、三度ちらっと後ろを見て〝ヤオトル〟がついてきているか確かめはしたが、スピードをゆるめて追いつかせてやろうとはしない。入り江を通過するのに十分かかった。やがて、二艘のゾディアックは競うように砂州へ向かっていった。

「さあ行け、どこに行く気か見せろ」と、サムがつぶやいた。

〈鷲鼻〉と相棒は砂州をよけて針路を左に変え、ラグジュアリー・ヨットのほうに向かっていった。二分くらいしてサムも砂州に入ったが、左にもう二、三度舵を切り、鐘を発見した砂堆とおおよそ平行になるようにゾディアックを操縦した。陸の目じるしに見覚えがあるような気がしてきた。絶壁から二〇メートル以内。よし、いまだ。

足の間から岩石をつかんで舷側に身をのりだし、先端をゴムの側壁に突き刺して引き抜いた。その過程をあと二回繰り返すと、二〇センチくらいのギザギザの傷ができた。岩石を横へ投げ捨て、あと二艘のゾディアックの状況を調べた。三〇〇メートルくらい先をいちばん大きな海峡へ入って、さらにラグジュアリー・ヨットのほうへ向かっていく。

二十秒くらいでサムの破壊行為が効果を表わした。ゾディアックの側面に勢いよく水が入ってきて、スピードが落ち、船体が震えてのたうちはじめた。サムは最後にもういちどスロットルをひねると、パニックに陥った声に聞こえますようにと願いながら絶叫し、そこで横から転がり落ちた。

水中に頭をひっこめ、顔にマスクを着けて息を吹きかけ、曇りを取り除いてからシュノーケルのマウスピースをくわえる。動かずに、目とシュノーケルの端だけ水面に出して浮かんでいた。

いまの絶叫が功を奏したらしい。〈鷲鼻〉と相棒が針路を反転し、たちまちしぼんでいくゾディアックに全速力で向かってきた。ゴムボートはいま、サムの二〇メートルくらい右に漂っている。絶壁の真上だ。助けにきた二艘は五〇メートルくらいまで近づいたところで懐中電灯をつけて、水面を調べはじめた。

「ヤオトル！」〈鷲鼻〉が大声で叫んだ。「ヤオトル！」もうひとりも加わった。

この一分間で、サムは肺に深々と息を吸いこんできた。最後にもういちど吸いこみ、水中に頭をひっこめて、フィンで砂堆に向かった。〈鷲鼻〉と相棒が自分の右へ来るよう方向を変えてから、砂堆にそってフィンで北へ進み、ときおりちらっと振り返って懐中電灯の光の場所を確かめた。ゾディアック二艘がもう一艘の残骸にたどり着いた。

「ヤオトル！」と叫ぶ声が水中のサムの耳にも届いた。もういちど、さらにかん高い声で「ヤオトル！」。

サムは泳ぎつづけた。後ろでは、しぼんだゴムボートが水上から引きずられ、別の一艘に回収されようとしていた。サムは泳ぎを止め、動かずにじっとしていた。

酸素の欠乏で肺に痛みが、首にパニックのうずきが忍び寄ってくる。それを鎮めて、じっと動かずにいた。

ゾディアック二艘がエンジンの回転数を上げて方向を変え、海峡に向かって引き返していった。せいぜい三十秒くらいだったのだろうが、何分にも思われた。

サムはフィンで水を蹴り、水面に向かった。

7

ザンジバル

二十五分後、サムがアンドレイエールの船上に戻ると、レミはデッキチェアにすわって何事もなかったみたいにケニアのタスカーの缶ビールを飲んでいた。客人のヤオトルは、スポーツフィッシングの戦いに敗れた魚のように甲板上に横たわっていた。背中を丸め、手首を足に縛られ、足は近くの索止めに縛りつけられている。まだ意識は戻っていない。

「お帰りなさい」とレミは言い、サムにビールを渡した。「例の災難はどうだった？」

「向こうが買ってくれたみたいだ。そいつは?」

「側頭部に大きなこぶができているけど、ちゃんと息はしているわ。ひどい頭痛が一日か二日続くくらいで、命に別状はないはずよ。完全武装していたわ」レミは足元に横たわっているふたつの物体をあごで示した。ひとつは彼らの知っているナイフで、もうひとつは半自動拳銃《セミオートマティック》だった。サムは銃を拾い上げた。

「ヘック《H》ラー&コッ《K》ホP30だ。九ミリ、装弾数十五の」

「いったい、どこでそんな知識……」

サムは肩をすくめた。「さあね。因果なことに雑学を蓄えてしまうのさ。こればっかりはどうしようもない。ぼくの記憶が確かなら、民間の銃じゃないな。法執行機関と軍にしか売られていないものだ」

「それじゃ、わたしたちのお客さんは警官か兵士、もしくは元警官か元兵士?」

「あるいは、秘密の影響力を持つ人間か。この男のことで、ほかに何かわかったことは?」

「ポケットの糸くずさえないの。財布も身分証明書もなしよ。服と靴は現地の製品だし。タグを確認したわ」

「だったら、プロの雇われだな」

「そのようね」レミが言った。「サンタさんに置いてきたお菓子だけど……」

「やつらがアデリーズのコインをどう思っているかはわかった。小銭みたいに投げ捨てたからな。しかし、メモ帳のほうは様子がちがった」

客人を迎える準備をする前に、サムとレミは謎の男〈鷲鼻〉の関心の対象について、五つの可能性を考えていた。①アデリーズのコイン。②号鐘。③ファーゴ夫妻。④ふたりに発見されるかもしれない何か。⑤なし——つまり、なんでもなくて考えすぎ、というシナリオだ。

ふたりの仕掛けた計略で①と⑤は除外され、残るは②と③と④だ。サムとレミがメモ帳に書きつけたのは意味のない走り書きと数字ばかりだったが、一カ所だけはちがった。号鐘の側面図を描き、その下に時間（午後二時）と場所（チュクワニ・ポイント・ロード）、そしてセルマが手配してくれた電話番号を記しておいたのだ。この番号にかけるとムナジ運輸が応答する。〈鷲鼻〉がこの餌に食いついてきたら、論理的に考えて、関心の対象は号鐘にまちがいない。

もちろん、そこからは、〈鷲鼻〉がどうやってあの鐘のことを知ったのかという疑問が持ち上がってくる。サムとレミはセルマ以外に、誰にも話をしていない。筏を使って鐘を吊り上げる前に〈鷲鼻〉の訪問はなかったのだから、ラグーンに鐘を運んだときに誰かに見られたのか？　しかし、あの一帯では誰ひとり見ていない。陸上にも沖合にも。

「もうすぐ夜が明ける」サムが言った。「略奪品を集めて、別の宿泊施設が見つかるまで身をひそめていられる場所を探そう」

「あの男は？」と、レミがあごでヤオトルを示した。

「なかに移したほうがいい。弱らせる必要はないからな」


ヤオトルを船室に確保すると、錨を上げてラグーンを、筏を隠した場所へ向かった。ロープで引っ張って浜辺に近づけると、サムは舷側を飛び越え、鐘が海底の三〇センチ上に浮かぶところまで船を動かした。

「クッションになるもの……」サムがひとりつぶやいた。「レミ、道具箱の手斧を頼む」

彼女が取ってきて手渡した。サムは水中を歩いて陸に上がり、懐中電灯を手に木々のなかへ姿を消した。彼が暗闇を動きまわっているあいだ、レミは耳を澄ませていた。小枝が折れる音、木と木がぶつかるズシンという音、小さな悪態の言葉がいくつか。そのあとしばらく、何かを切りつけている音がした。五分後、サムは椰子の若木を二本持って戻ってきた。どちらも長さは二メートル半くらい。直径は一〇センチほどだ。サムは両端に刻み目をつけていた。この木をレミに渡し、船上によじ登った。

「どんな計画か教えてくれる?」と、レミがたずねた。

サムは片目をつぶって見せた。「それはお楽しみということで。ただし、日光が必要になる」

夜明けはすぐにやってきた。東の空に黄色とオレンジ色の曙光が見えた十分後、ふたりは活動を開始した。サムは筏のいましめをほどいて、水中に飛びこみ、丸太が三本突き出ている側が浜辺を向くように筏を回した。浜辺側の丸太をまたいで一五センチほど沈め、「ゆっくり、後退!」と叫ぶ。

「ゆっくり、後退」と、レミが復唱した。

エンジンがかかる轟音が響いた。アンドレイエールが後退して、船尾が筏に突き当たる。「そのまま後退!」と、サムが大声で指示を出した。彼の体重とアンドレイエールの馬力に挟まれて、突き出た丸太が水中に沈み、砂に穴を穿ちはじめた。アンドレイエールの船尾下に水が泡立つ。丸太が三〇センチくらい砂に埋まったところで、サムが叫んだ。「停止!」

レミはスロットルを絞り、歩いて後部へ向かった。サムは筏と船の間に浮き上がった。「この横桁に押し上げるから、引っぱってくれ」

「了解」

丸太の突き出た先端が後部甲板の上に張り出すよう、力を合わせて船べりに乗せた。

レミが後ろに離れ、手をぬぐう。「なにをする気か、わかったかも」

サムは船べりに乗った丸太の端に手斧で刻み目をつけた。次に若木を一本持ち上げてレミに渡し、自分も一本つかむ。

若木の刻み目を丸太の刻み目に合わせ、もういっぽうの端は左舷と右舷の索止めに固定した。これで、筏との間に鐘が入るすきまもできるだろう。

「よし、ゆっくりバックしてくれないか」

レミはスロットルを操って、アンドレイエールをゆっくり後退させた。筏の前端が上がって垂直に向かいはじめ、鐘が一センチ、また一センチと水中から上がってきた。やがて、鐘の口にあたる部分が船べりの高さまで来た。

「停止」と、サムが命じた。

彼はアンカーロープをつかみ、後部甲板にそっと降り立った。船尾から身をのりだし、ロープを鐘の頭頂部に結びつける。

レミがサムの耳元にささやいた。「落としたものが甲板のあちこちにぶつかったら、絶対、保証金は戻ってこないわよ」

サムが含み笑いをした。「AAAがついてるさ」

レミはふたたびスロットルを操り、アンドレイエールをすこしずつ後退させた。サムが慎重にロープのたるみを取る。鐘が船べりを上がり、縁から傾きはじめた。

「サム……」と、レミが注意をうながした。

「わかってる」サムがつぶやいた。「そこで止めてくれ！」

彼はくるりときびすを返し、急いで梯子を駆け下りると、十秒後、マットレスを持って戻ってきた。ボウリングの玉を投げる要領で、船尾に向かって甲板にマットレスをすべらせる。

「筏のほうのロープを頼む！」とサムが言い、レミにスイスアーミー・ナイフを手渡した。レミがナイフを手に、船尾から身をのりだす。慎重にロープに切りこみを入れ、あと一回というところで手を止めた。

「いくわよ。一……二の……三！」

レミがロープを断ち切ると同時に、サムが体を後ろにそらし、アンカーロープを引いた。鐘は船べりを乗り越え、ドスッとマットレスに落ちると、横倒しになって、そこで動きを止めた。

8

ザンジバル

「部下を一人失いました」イットリ・リヴェラが電話で告げた。

「ふうん？」クワウトリ・ガルサ大統領は生返事をした。一万六〇〇〇キロ離れたところからでも彼の無関心は明らかだった。

「ヤオトルです。水に溺れまして。遺体は海峡で行方不明です。優秀な兵士でした、大統領閣下」

「大義のために命をさしだしたわけだ。名前にふさわしいではないか。ナワトル語でヤオトルは〝戦士〟という意味だからな。ウィツィロポチトリの迎えを受け、永遠にオメヨカンで暮らすことだろう」とガルサは答え、アステカの十三層ある天上界でもっとも神聖な存在であり、空で太陽を動かしつづける戦争の神様を引き合いに出した。「それで褒美としては充分ではないか?」

「もちろん、仰せのとおりです、大統領閣下」

「イットリ、頼むから、報告すべき話はそれだけだと言ってくれ」

「残念ながら。まだあるのです。ファーゴ夫妻が見つけてしまったかもしれません。船の号鐘を」

「〝かもしれない〟というのは、どういう意味だ?」

「彼らの船を捜索したのです。メモ用紙に鐘の図がありました」

「どんなものだ。正しいものか?」

「おおまかな図です。まだ、なにを手に入れたのかわかっていないのかもしれません。いずれにしても、島から運び出すつもりのようです。鐘の図の横に、運輸会社と時刻がメモしてありました。荷物の受け取り場所はザンジバルの空港のすぐ南です」

「それを許してはならない、イットリ。あの鐘を島から出してはならない。ファーゴ夫妻の調査はここで打ち止めにする必要がある」

「わかっています、大統領閣下」

「彼らがどこへ、いつ行くかはわかっているわけだ。腐った卵は全部ひとまとめにしろ」

「ずいぶん手厚く覆われているのね、あの鐘は」と、レミが言った。

影に入った玉石敷きの中庭で、向かいに立っているサムがうなずいた。この一時間、ふたりは例の鐘をシーツにくるんで水と硝酸の温かい溶液に浸してきた。鐘はいま、布に覆われて湯気を立てている。灰色と緑色の海洋生成物が酸で溶解し、なめらかな部分が徐々に広がっていた。

「お役目交代まで、あとどれくらい？」

サムが腕時計を見た。「十分だ」

三時間前、筏を解体して木をばら撒くと、彼らはマングローブのラグーンを出発して、海岸線を南に向かい、フンバ岬を通り過ぎてメナイ湾に入った。レミが操舵輪を握り、サムがセルマに電話で最新情報を与えて、なにが必要かを説明した。四十分後、ザンジバルの南端を回りこんでいるときセルマから折り返し電話があった。

「いまのバンガローよりすこし小さめですが、人里離れた場所で、代理店は玄関マットの下に鍵を置いておくそうです。一週間分の支払いをしておきました」

「どこにあって、どういう建物だ？」

「島の東側、タマリンド・ビーチ・ホテルの三キロ北にある別荘《ヴィラ》です。玄関の日除けは、赤と緑の縞模様。浜辺に古びた石の突堤があります」

「すばらしいよ、セルマ」とサムは言い、通話を切って再度ダイヤルした。こんどはアバシ・シバレの自宅だ。アバシは質問ひとつせず、自分のピックアップトラックでそのヴィラがある浜辺へ駆けつけると言ってくれた。アンドレイエールの後部甲板に鎮座している船の号鐘を見るなり、アバシはただ微笑を浮かべて、信じられないとばかりに頭を振った。「いつかこの島で、退屈そのものの時間を過ごしていただきたいものですね」


「お客さんを調べてくる」と、サムが言った。

「わたしは鐘が逃げないよう手を打ってくるわ」と、レミが返した。

「自分から逃げようとするなら、しかたない。逃がしてやれ」

「喜んで」

ふたりとも疲れていたし、彼らの努力に抵抗したうえ危険な注目を引いた鐘は、一種の敵役になっていた。ひと眠りして、すこし答えが出れば、先の見通しは良くなるはずだ。あと二時間、硝酸にくるんで、その答えが出ることを願っていた。

レミが微笑んだ。「銃は置いていってね」

サムは笑顔を返して中庭を横切り、フレンチドアを通り抜けた。セルマが借りてくれたヴィラは二〇〇平方メートルくらいのトスカナ様式で、色あせたからし色の漆喰塀に蔓草が這い登り、赤い屋根は瓦葺きだった。室内の装飾には現代的なものと職人技が混在している。サムが奥の寝室に入ると、客人のヤオトルは四柱式のベッドに手足を縛りつけられていた。ヤオトルがサムを見て頭を持ち上げた。

「おい、どうなってるんだ？　ここはどこだ？」

「答えは質問する相手による」と、サムは答えた。「おまえの仲間が知るかぎり、おまえはここととモンバサの間にうつ伏せで浮かんでいるか、サメの消化器官を通り抜けようとしているところだ」

「どういう意味だ？」

「そうだな、おれたちにやられて気絶したあと――」

「覚えていない……。どうやってそんなことを？」ヤオトルの声にはかすかに驚嘆の思いが混じっていた。

「こっそり忍び寄って、大きな棒で殴りつけたのさ。もう仲間は、おまえが死んだものと思っているぞ……」サムは腕時計を見た。「六時間前に」

「そんなこと信じるはずがない。きっと探しにくる」

「その可能性は低いな。ヤオトルというのはなんの名前だ？」

「おれの名前だ」

「腹は減っているか？　喉は？」

「いや」

サムはくっくっと含み笑いをした。「認めても罪にはなるまいに」

「やりたいことをやれ。早くすませろ」

「いったい、なにをされると思うんだ？」と、サムがたずねた。

「拷問か？」

「はなからそう考えるようじゃ、おまえの仲間はたちの悪い連中にちがいない」

「ちがうなら、なぜおれを連れてきた？」

「いくつか気持ちよく質問に答えてくれないかと思ってな」

「おまえ、アメリカ人だな」と、ヤオトルが言った。

「なぜわかった？　魅力的な笑顔でか？」

「発音だ」

「おまえはメキシコ人のようだな」

返事はなかった。

「持っていた銃や、おまえたちの行動様式からみて、現役の軍人か元軍人だ」

ここでヤオトルは、すっと目を細めた。「ＣＩＡか」

「おれが？　いいや。ＣＩＡの友人はいるが」

これは真実だった。サムはＤＡＲＰＡ時代、キャンプ・ピアリーにあるＣＩＡの施設で秘密調査の訓練を受けた。現場の諜報員がどんなふうに仕事をするかを理解すれば、彼らに必要なものをＤＡＲＰＡのエンジニアが開発しやすくなるのではないか、という期待のもとで。同じ時期にそのプログラムを受けていた男に、ルービン・ヘイウッドというＣＩＡの担当官《ケースオフィサー》がいた。二人は友だちになり、以来ずっと懇意にしている。

「その友人にもまたいろいろ友人がいる」と、サムは付け加えた。「トルコとかブルガリアとかルーマニアみたいな土地に……。ＣＩＡでは〝身柄の移送《レンディション》〟と呼んでいたっけな。聞き覚えがあるだろう。黒い落下傘降下服《ジャンプスーツ》を着たいかめしい顔の連中の手で飛行機へ押しこまれ、二、三週間どこかへ姿を消したあと、電気とパワードリルが嫌いになって戻ってくる」

もちろん、身柄うんぬんのところははったりだが、サムの言葉は望みの効果をもたらした。ヤオトルは大きく目を見開いて、下唇をわなわな震わせていた。

だしぬけにサムが立ち上がった。「さあ、すこし何か食ったらどうだ？　パンでいいか？」

ヤオトルはうなずいた。

ヤオトルにチャパティの半分とスポーツボトルのミネラルウォーター一リットルを与えると、サムはたずねた。「例のおれの友人だが……その男に電話をしたほうがいいか、それとも、すこし質問に答えるか？」

「答える」

サムは基本的な情報について、ひととおり質問した。ヤオトルのフルネーム。〈鷲鼻〉をはじめとする仲間の名前。雇い主は誰か。ザンジバルにはサムとレミを探しにきたのか。どんな任務を果たす予定だったのか。母船の名前……。ほとんどの質問で、ヤオトルは部分的にしか答えることができなかった。自分は一介の請負人にすぎない、メキシコの空中機動特殊部隊、略称ＧＡＦＥの元隊員だ、と彼は主張した。やはり元GAFEのイットリ・リヴェラ、つまり例の〈鷲鼻〉に四日前にスカウトされ、ザンジバルに来たのは、〝ある者たちを探す〟ためだった。それ以上の背景は教えてもらっていないし、サムとレミがなぜ標的になっているのかも、リヴェラからは説明を受けていない。リヴェラが自分のためにやっているのか、誰かに雇われているのかもよくわからない。

「しかし、あいつが電話をしているところは何度か見た。そうだな？」と、サム。

「誰かに報告をしている感じだったか？」

「かもしれない。ところどころ小耳に挟んだだけだが」

サムはさらに十分ほど質問をし、その最後にヤオトルがたずねた。「おれをどうする気だ？」

「またあとで教えてやる」

「さっき言ったじゃないか――おい、待て！」

サムは部屋を出て、中庭でまたレミに合流した。そしてヤオトルとの会話を詳しく語って聞かせた。レミが、「サム……電気とパワードリルですって？　悪趣味よ」と言った。

「そんなことはないさ、実行したら悪趣味だろうが。種をまいて、あいつの想像力にしばらく仕事をさせてやっただけだ」

「ヤオトルは四日前って言ったのね？　リヴェラから四日前に電話が来たって？」

「そうだ」

「それって、わたしたちがこの島に来た初日のことよ」

サムはうなずいた。「ぼくらが鐘を見つける前だ」

「だったら、関心の対象はわたしたちってことになるわ」

「鐘もかもしれない。メモ帳の計略がやつらの注意を引いたのは明らかだ」

「だけど、どうやってわたしたちがここにいることを知ったの？」とレミが疑問を口にし、そのあと自分で自分の質問に答えた。「上陸直後に受けた、ＢＢＣのインタビュー？」

「ありうるな。状況をまとめよう。リヴェラとその雇い主はぼくらがここにいるのを知る。何かを見つけられるのではないかと心配になって、調べにきた」

「だけど、大きな島よ」と、レミが返した。「なにを心配しているのか知らないけど、わたしたちがそれに出くわすかもしれないなんて、神経過敏もいいところだわ。わたしたちの鐘くらい大きなものだとしても、喩《たと》えで言う〝干し草の山に一本の針を探す〟みたいなものでしょう」

「あのインタビュアーはどこに潜るつもりか訊いてきた。ぼくらはチュンベ島と答えた。あれが魔法のフレーズだったのかもしれない」

レミはしばらく考えた。「それと、好むと好まざるとに関係なく、わたしたちにはちょっとした評判がある。これまでも、見つけてもらいたくない財宝を運よく見つけてきた」

サムは微笑んだ。「きみはそれを運と呼ぶ。ぼくなら――」

「言いたいことはわかるでしょ」

「つまり、ぼくらとザンジバルとチュンベ島の組み合わせが、彼らの注意を引いたわけだ」

ふたりはしばらく沈黙し、おのおのいろんな角度から〝もしこうなったら〟というシナリオを検討した。最後にレミが沈黙を破った。「サム、わたしたちが生け捕った男……彼の名前はヤオトルで、そのボスの名前はイツトリで、もうひとりの名前は……」

「ノチトリだ」

「彼らはメキシコ人なのね？」

「あいつはそう言った」

「どれもスペイン系の名前じゃないわ」

「ぼくもそう思った」

「セルマに確認してもらうけど、まずまちがいないわ、ナワトル語に由来する名前よ」

「ナワトル語？」

「アステカのよ、サム。ナワトル語はアステカ族が話していた言葉なの」


そのあと十分くらい、ふたりは鐘のシーツから立ちのぼる湯気を黙って見つめていた。サムが腕時計を見て、「そろそろだ」と言った。

サムは鐘の周囲から指先でシーツをめくって引きはがし、中庭の端に積み重ねてきた。彼が戻ってくると、レミが鐘の前にひざを突いていた。

「サム、見て」

彼はレミの横に回って、彼女の肩越しに体をかがめた。

まだ相当まだら模様ではあったが、硝酸は、青銅に刻まれた文字が判読できるくらいまで緑青《パティナ》を剝がしてくれていた。

ＯＰＨＥＬＩＡ

「オフェリア」と、レミがささやき声で読み上げた。「オフェリアって、なに？」

サムは大きく息を吸いこんで吐き出した。「見当もつかない」

9

ザンジバル

「きみたちはありきたりの平穏無事な休暇を取れないのか？」ルービン・ヘイウッドの声がスピーカーフォンからたずねた。

「いっぱい取ってるわ」と、レミが答えた。「あなたに電話をかけるのが、あたりまえじゃないときだけで」

「光栄に思うべきなのか、傷つくべきなのか」と、ルービンはつぶやいた。

「前者だよ」サムが言った。「きみは頼りになる男《ゴー・トゥ・ガイ》だからな」

「セルマは？」

「頼りになる女《ゴー・トゥ・ギャル》よ」と、レミがすかさず返した。

「わかった。じゃあ、おれが正しく理解しているかどうか確認してくれ。きみたちは菱形のコインを見つけた。マダガスカルの近くの島にあるフランス領の村で行政官をつとめていた男の奥さんのだったが、海賊に盗まれたらしい。そのあときみたちは、どこの船のかわからないが、号鐘を見つけた。そしたらアステカ族の名前を持つメキシコ人の傭兵を乗せた小型砲艦《ガンボート》が現われ、きみたちを亡きものにしようとした。そしていま、悪者のひとりを捕らえ、予備寝室に縛りつけてある。これで趣旨は合ってるか？」

「だいたい合っているけど――」レミが言った。

「三つ補足しておこう」と、サムが受けた。「アデリーズのコインはこれとは関係がないと思うし、アステカの角度からセルマが確認してくれている。それと、オフェリアという名前については、最初から彫られていたものとは思えない。まずひとつは、彫りかたがすごく雑だからだ。プロの仕事じゃない。もうひとつ、さらに汚れを取り除くことに成功したところ、オフェリアの下に文字がふたつ彫られているのがわかった。Sがひとつに、Hがふたつ」

「ドッキリ・ショーに出演しているみたいな気がしてきたよ」と、ルービンが言った。「まあいい、とりあえず協力しよう。おれにどんな手助けができるんだ？」

「まず、うちの客人をわれわれの手から取り除いてほしい」

「どうやって？　例の身柄《レンディション》の移送を考えているのなら、サム、おれには――」

「タンザニアの自治省に手を回して、警察に拘留させてくれないか」

「なんの容疑で？」

「パスポートも現金も持たず、武器を携行していた」

ルービンはつかのま沈黙した。「きみたちふたりのことだ、そいつを厄介払いしたいだけじゃなくて、誰が関心を示してくるか知りたいんだろう」

「たしかにその考えは頭をよぎった」と、サムが応じた。

「まだ銃は持っているか？」

「ああ」

「よし、何本か電話をかけさせてくれ。ほかには？」

「あいつは、自分のボスはイットリ・リヴェエラというメキシコの元軍人だと主張している。その男のことと、やつらが使っていたラグジュアリー・ヨットのことがもうすこしわかるとありがたい。バガモヨを母港にしているそうだ。船名はンジワ」

「綴りを教えてくれ」

レミが教えた。「スワヒリ語で〝鳩〟という意味よ」

「ああ、よかった。ありがとう、レミ。前からずっと、スワヒリ語で鳩はなんていうのかと思っていたんだ」と、ルービンは言った。

「変わった人」

「鐘はどうする気だ?」

「ここに置いていく」サムが答えた。「セルマが匿名でヴィラを予約して、電信為替で送金してくれた。やつらに見つかる可能性は低い」

「これに対する答えはもうわかっているが、訊かないわけにもいかない。ふたりとも、その鐘を持って、ただ帰国するわけにはいかないのか?」

「そうしたいのは山々だが」サムが答えた。「もうすこし調査して、どうなるか見きわめたい。結果が出なければ帰国しよう」

「奇跡中の奇跡だな」と、ルービンは言った。「ふたりとも、用心しろよ。情報が手に入ったら電話する」と言って、彼は通話を切った。

レミがサムに言った。「クリスマスには、彼に何か特別なものを用意しなくちゃ」

「あいつの欲しがるものなら、想像がつくぞ」

「なあに?」

「電話帳にもどこにも載っていない、新しい電話番号さ」

アンドレイェールで南のウロア村まで行って、いまにも倒れそうな金物屋を見つけ、必要な品をいくつか手に入れて、正午前にヴィラに戻った。レミは金槌と釘と木の厚板をサムにまかせ、なかに入ってヤオトルの様子を確かめると、彼はぐっすり眠っていた。クラムチャウダーの缶詰をふたつ見つけて加熱し、容器を中庭に持っていった。サムは厚板の最後の二枚に釘を打っているところだった。

「どう思う？」と、彼が訊いた。

「それが箱なら、サム、すばらしいわ」

「木箱になる予定だ」

「木箱でも箱でも、なんでもいいわ。すわって召し上がれ」

チュクワニ・ポイント・ロードの終点から一キロ弱、イツトリ・リヴェラはレンタルしたランドローバーを路肩に寄せ、大きな溝に下りて反対側へ上がると、木々のなかへ分け入った。地面はでこぼこで、雑木にびっしり覆われているが、ローバーの四輪駆動なら楽に乗り切れる。南西に方向転換し、チュクワニ岬《ポイント》の開けた場所へ向かった。

「時間は？」彼はノチトリにたずねた。

「一時過ぎです」

ファーゴ夫妻とムナジ運輸のトラックが落ちあうはずの時刻まで、あと一時間。それだけあれば、見晴らしのきく地点だけでなく、脱出の試みを遮断できる便利なルートも探し出せる。

「空き地が見えます」と、双眼鏡を目に当てたノチトリが言った。「何かある」

「なんだ？」

「確認願います」

双眼鏡を渡されたイットリはそれを空き地に向けた。未舗装道路の真ん中に木の箱があった。側面にボール紙で貼り紙がされている。「何か書いてある」と彼は言い、レンズの倍率を上げた。しばらくして、「なんだと《ケ・マドレス》……？」とつぶやいた。

「どうしました？」ノチトリがたずねた。「なんて書いてあるんですか？」

「〝メリー・クリスマス〟」

イットリは木々の間を抜けて広い溝に入り、反対側へ上がって空き地に向かった。

ローバーを止め、木箱に歩み寄る。足の爪先で軽く押してみた。空っぽだ。ボール紙の貼り紙を破り取って、ひっくり返す。ブロック体でメッセージが書かれていた。

会って鐘の話をしよう
ヌイェレレ・ロードのクリケット場
南西の隅のベンチにて
午後四時

10

ザンジバル

クリケット場の北側にイットリ・リヴェラが現われた。駐車場との境界になっている並木の間を通り抜けてくる。後ろのもうひとりは東に向かって、駐車場を出ていこうとしていたが、サムの知らない顔だった。意図を持った大股の歩きかたが際立っている。あれがノチトリだろう、とサムは思った。

クリケット場では、真ん中のほうで十代の子どもたちが試合をしていた。その笑い声と叫び声が公園じゅうに響き渡っている。リヴェラはグラウンドの西側の歩道をゆっくり進み、サムのすわっているベンチの前で足を止めた。

「一人か」と、リヴェラが言った。

明るいところでリヴェラを見たサムは、この男についての考えをただちに改めた。リヴェラの能力を疑ったことはなかったが、彫りの深い顔と引き締まった体は、生皮のむちのような強靭さをほのめかしていた。黒い目が無表情にサムにそそがれる。この表情はめったに変わらないのではないか、とサムは思った。サンドイッチを食べているときも、人を殺しているときも。

「かけてくれ」腹のあたりに恐怖のおののきを感じながらも、サムは愛想よく言った。ホオジロザメに手から餌をやっている気分だ。

リヴェラは腰をおろした。「呼び出された身だからな」と、彼は言った。

サムは返事をしなかった。クリケットの試合をながめる。一分が経過した。リヴェラが沈黙を破った。「木箱のいたずら――面白かった」

「しかし、あんたは笑わなかったような気がする」

「そのとおりだ。ミセス・ファーゴはどこにいる？」

「お使いに出した。クリケット場の周囲をぐるぐる回るのはやめるよう、仲間に合図したほうがいい。彼女は見つからない」

リヴェラはすこし考えて、ベンチの背から手を持ち上げ、こぶしを握った。公園の向こうでノチトリが歩くのをやめた。

「問題の話をしよう」と、サムが言った。

「どんな問題だと思っている？」

「あんたはこう思っている。おれたちがあんたの欲しいものを持っていると」

「具体的に、自分が持っているのはなんだと思う？」

いきなりサムが立ち上がった。「人並みに言葉の駆け引きを楽しむときもあるが、今日はその気はない」

「わかった、わかった。すわってくれ、頼むから」

サムがすわると、リヴェラが言った。「おれの雇い主はある難破船を探している。この海に沈んだものと信じていてな」

「なんていう船だ？」

「オフェリア号」

「どんな船か教えてくれ」

「帆を兼用した蒸気旅客船だ。この海域で一八七〇年代に沈んだと考えられている」

「わかっているのはそれだけか？」

「まあな」

「いつから探しているんだ？」

「七年前だ」

「精力的に？」

「ああ、精力的に」

「ザンジバルとその周辺で？」

「もちろんだ」

「あんたには引き揚げの経験があると見た。そうでなければ雇われていないはずだ」

「経験なら、ある」

「あんたの雇い主だが……具体的に、なにに関心があるんだ？」

「言いたくない」

「当然、金銭的に価値のあるものだろうな？」と、サムがたずねた。「オフェリアが沈んだとき、船倉に積みこまれていた何かだな？」

「無難な見当だ」

「そして、おれたちが見つけたものはオフェリアにあったものかもしれないと考えている」

「雇い主が確かめたい可能性のひとつだ」

サムは思慮深げにうなずいた。この何分か、サムはリヴェラに尻尾を出させ、自分たちの調査に利用できる言質《げんち》を引き出そうとしてきた。

サムは言った。「あんたらが追っているのは、すごい獲物にちがいない。なにしろ、タンザニアの小型砲艦《ガンボート》の船長に金を握らせて、まず脅しをかけさせ、次に監視をさせ、そのあと夜の帳が下りたところで、あんたみずからこっそりラグーンに入り、ナイフを抜いておれたちの船に乗りこんだくらいだ」

これにはリヴェラも虚をつかれたらしい。大きくひとつ息を吸いこみ、悔しげにそれを吐き出した。

「全部見ていたよ」と、サムが言った。

「どこから？」

「そこは大事かな？」

「いや、そうじゃなさそうだ。どうか許してくれ。われわれは元兵士だ。なかなか直らない癖がある。この仕事の刺激に負けてしまうんだ」

リヴェラの〝我を許したまえ《メア・クルパ》〟的な態度を真に受けたわけではないが、サムはこう言った。「まあよかろう。どういう計画だったんだ？　こっちが見つけたらしいものを盗み出す気だったのか？」

「あの時点では、そっちがなにを見つけたのか知らなかった」

サムは十秒くらい言葉をとぎらせ、それから言った。「こっちのことをまぬけと思っているのか、そっちの短期記憶に問題があるのか、どっちだろうな」

「なんだと？」

「あんたがここにいるのは、おれが木箱に貼り紙をしてきたからだ。あの木箱を見つけたのは、うちのボートで鐘の図を見つけ、そのそばにあったメモを見たからだ。おれたちは船の号鐘を見つけたものと、あんたは思っている――なぜ、はっきりそう言わない？」

「なら、そう言ったと考えろ」

「明言しておこう。おれたちの見つけた鐘はオフェリア号のじゃない」

「信じなくても許してくれ」

「心外だな」と、サムが言った。

「自分で鐘を調べてみたい」

「船上に残っていたら、その鐘のためにあんたと仲間に殺されていたんだぞ。断わらざるをえないな」

「あの鐘がわれわれの探しているものとわかった場合、おれには発見手数料を支払う権限も与えられている」

「それには及ばない。カネに不自由しているわけじゃない」

「鐘を持ってきて調べさせてくれたら、雇い主は、あんたの選ぶどの慈善基金にでも五万ドルを寄付するだろう」

「断わる」

リヴェラの目が冷たくなり、くぐもった低いうめきを吐き出した。「ミスター・ファーゴ、あんたはおれを怒らせている」

「心を鎮める薬もあるぞ」

「別の手口のほうが性に合っている」リヴェラはシャツのすそを持ち上げ、ヘック《H》ラー&コッホ《K》P30の床尾を見せつけた。ヤオトルから取り上げたのと同じものだ、とサムは思った。

「では、これで失礼しよう」リヴェラがつぶやくように言った。「騒ぎ立てたら撃ち殺す。警察に通報したところで、こっちはとっくの昔に消えているからな」

「警察というと」と、サムが返した。「後ろの道路を渡ったところにある、あの警察署みたいなのか？」

リヴェラがサムの肩の向こうをちらっと見た。口もとがこわばり、あごの筋肉が脈を打った。

サムが言った。「ちゃんと予習しておくべきだったな。むかし校舎だった建物だが、ちょっと調べればわかったはずだ。きまりの悪い話だな」

「くそったれ《カブロン》！」

スペイン語の俗語はよく知らないが、私生児とでも言ったのだろう、とサムは思った。「もうすこし目を凝らせば、警察署の階段のそばにベンチがある。そこに男と女がすわっているだろう」

「見えた」

サムは電話を抜き出して短縮ダイヤルを押し、呼び出し音を二度鳴らして切った。

レミ・ファーゴがすぐにベンチで体を回し、クリケット場を向いて手を振った。

「彼女が話をしている男は、ダルエスサラームから来たタンザニアの警察本部長だ」

「警察はカネで買収できる。海軍の士官と同じだ」

「この男には利かない。たまたま、アメリカ大使館のＦＢＩ司法担当官と個人的に親しい人物でな」

「はったりだ」

「妻がいまこの本部長にしているのは、昨晩うちの休暇用の家に侵入を試みたヤオトルという男の話かもしれないし、ちがうかもしれない。ヤオトルはあんたがいま持っているのと同じ銃で武装していたし、パスポートは持っていなかった」

リヴェラが眉をひそめ、左右の眉毛がくっついた。「あの事故……ゴムボートの。あれはヤオトルのへまではなかったのか」

サムは横に首を振った。

「どうやってあんなことを?」

「大学ですこし演劇の授業を取ったものでな」

「べつにいい。あいつはしゃべりはしない。しゃべったとしても、なにも知らない」

「あんたの名前と見てくれだけだった」

「どっちも変えられるからな。鐘をよこして部下を返したら、この先二度とわずらわせはしない」

「考えさせてくれ。明日じゅうに電話しよう。それまでにわずらわしい思いをさせせたら、本部長の友人に連絡する。あんたの宿泊先を教えていかないか？」

リヴェラは冷ややかな笑みを浮かべて首を横に振った。「それはない」と言い、電話番号を告げた。「いい知らせが聞けるよう期待している」

サムは立ち上がった。「期待するのは自由だ」

彼はきびすを返して立ち去った。

サムは通りを横切って警察署に向かった。レミは心のこもった握手と感謝の言葉で、警察本部長との会話を切り上げた。本部長はサムにうなずきと笑顔をよこし、すたすた離れていった。

「楽しい人だったわ、フルは」と、レミが言った。「ループによろしく伝えてほしいって」

「どんなふうに話したんだ？」とサムはたずね、彼女の横に腰をおろした。

「昨晩、宿に忍びこもうとした人間がいたようだって。また何かあったら、直接電話してほしいって。人間骸骨さんとのお話はどうだった？」

「案の定ってやつさ。オフェリア号という船を何年も探している裕福な人間に雇われているそうだ。問題は、あの男が船の由来についてはほとんど知らないと主張している点だ」

「とっさにしらばっくれたのよ」レミが言った。「そんな嘘が通用すると考えて」

ほんのしばらくでも難破船を追ったことのある人間なら、かならず船舶の歴史には通じている。オフェリアのことを知らないふりをしたのは、つまり、リヴェラと雇い主にとってきわめて重要な船だと言ったようなものだ。

「隠れている文字のことは、何か言っていた？」

「いや。洩らしたくないことを洩らしかねないからな。経験豊富な狩人《ハンター》はそのあたりもわきまえている。そこに触れなかったのは、こっちが見逃したことを願っているからだ」

「彼らが追っているものについて、何かヒントはなかったの？」

「オフェリアの船倉にあった何かだとほのめかしていた。なんらかの財宝だ。発見手数料を払うとまで申し出てきた」

「ご親切なこと。さて、そうなると？」

「リヴェラは引き揚げの経験があるそうだ。その真偽はともかく、あいつの後ろ盾はオフェリアを精力的に探してきたとも言っている」

財宝探し《トレジャーハンティング》の世界で精力的な調査といえば、遠征を含めた地道な作業の繰り返しだ。水に濡れたり汚れたりしながら座標を定め、磁気探知機を手に何度も行ったり来たりして、汚物やヘドロのなかを探しまわる。もちろん、水に濡れることはないが気が遠くなりそうな調査もある。関係者に聴き取りをして、場所を探し出し、昔ながらの埃っぽい図書館で獲物の在りかに関するほんのわずかな手がかりを探すのだ。

「リヴェラがそんなに長いあいだ取り組んできたのなら」レミが言った。「公式の記録や報道記事や許可証があるんじゃ……」

「ぼくもまったく同じことを考えた。それが見つかれば、リヴェラとその仲間がなにを探しているのか、もうすこしわかってくる」

ふたりは警察署の外の木陰に十分くらい腰をおろしていた。サムはリヴェラと相棒がクリケット場の駐車場を出て、警察署の周囲を露骨にひと回りするところを見守った。最後の通過のとき、レミといっしょに手を振ってやった。

もう戻ってこないと確信すると、サムとレミは歩いて東の青空市場に行き、食べ物と必要なものを買い集めると、迷路のような路地を歩きながら、尾行されている気配がないか確かめた。なにもなかったので、北へ三ブロック歩いてレンタカーの営業所に向かった。予約したトヨタの二〇〇七年型ランドクルーザーが待っていた。四十分後、ふたりはウロアの浜辺のヴィラに戻っていた。

敷地内の車道を歩いているとき、サムの電話が鳴った。レミはサムが持っていた食料品の袋を身ぶりで示して受け取り、そのままヴィラへ向かった。サムは発信者番号を確かめた。ルービン・ヘイウッドだ。

「おはよう、ルーブ」

「超早朝だ。どうだった、会談は？」

「上々だ。フルがよろしくと言っていた」

「いいやつだよ、フルは。客人は引き渡したのか？」

「まだだ」とサムは答え、リヴェラとの会話を詳しく説明した。「もうセルマには電話した。あの海域の難破船データベースに取り組んでくれている。おれたちは明日大学に行って、すこし予習をしてくる」

「うーん、この前も言ったが、とにかく用心しろよ。イツトリ・リヴェラのことを調べてみた。軍人だったのはきみも知っているが、この男は国防省の情報部門にもいたことがある。八年くらい前に退役した。大事なことがある。メキシコ市の警察本部長によると、リヴェラは連邦警察に六度逮捕されているが、起訴されたことはいちどもない」

「容疑は?」

「窃盗、贈賄、恐喝、殺人、誘拐……。どれも国政がらみの事件だ」

「汚れ仕事を引き受ける男というわけだ」

「軍事訓練を受けた汚れ仕事屋だ。その違いは頭に入れておいたほうがいい。雇い主が何者かは誰にもわからない」

「どうやって起訴を免れるんだ?」

「よくある手口さ。証人が心変わりをしたり、身体的変化——つまり、とつぜんの予期せぬ死とかで、証言が取り消しになる」

サムは含み笑いをした。「なるほど、ループ、よくわかった」

「あとはきわめて標準的なやつだ。証拠の紛失や、こまかな不備、その他もろもろの」

「リヴェラのコーナーにはヘヴィ級が控えていると考えたほうがよさそうだな」

「難破船の人工遺物に異常な執着を持つヘヴィ級だ。鐘はどうする気だ?」

「まだ決めてない。じつは、やつらが心配しているのは鐘そのものじゃない気がするんだ。追っているのがオフェリアであれ、なんであれ、おれたちが鐘を見つけた場所は変わらない。あそこで鐘を見つけたことが、やつらに危惧をいだかせたんだ……あとは、おれたちがそれを放っておこうとしないことだな」

「問題は、やつらが探しているものじゃなくて」ルーブが言った。「ほかの人間に見つけてもらいたくないものかもしれない」

「面白い」と、サムが言った。

ルービンが続けた。「例の慈善活動に寄付する話もだが……あいつは、きみとレミと鐘をいっしょに葬り去ろうとした。なぜメールで鐘の写真を受け取るだけじゃいけないんだ？　それに、やつらの願いがオフェリアを見つけることだけなら、なぜきみたちを雇わない？　ファーゴ夫妻がどんな活動をしているかは誰でも知っている。発見から得た利益の大半は慈善に使われ、きみたち個人の懐には一銭も入らない。サム、今回は何かを探す話じゃなく、隠す話のような気がするんだ」

11

ダルエスサラーム大学

大学の中央キャンパスは市街地南西の丘の上にあった。前もって電話をしておいたサムとレミを、図書館長のアミダー・キレンベが石段の上で迎えてくれた。シダの葉のような黄緑色のパンツスーツに身を包んだ、美しい黒人の女性だ。

「おはようございます、ミスター・ファーゴ、ミセス・ファーゴ。わたしたちの施設へようこそ」

三人で冗談を交わしながら、サムとレミはキレンベに続いて石段を上がり、主要なドアをいくつか通り抜けた。建物についていろいろ説明を受けているうちに、三階の参考資料室に着いた。内装は旧世界のコロニアル様式と伝統的アフリカ様式の混合だ。数十年にわたって磨かれてきたつややかな黒い色調の家具と羽目板が、色彩豊かなタンザニアの美術工芸品に囲まれている。二、三の図書館員を除けば、建物はがらんとしていた。「学校が休みなので」と、ミズ・キレンベが説明した。

「申し訳ありません」サムが言った。「そうとは知らず――」

「いえ、いえ、全然かまわないんです。図書館員は通常の出勤日ですから。それどころか、偶然にも、おふたりは訪問に最適の日をお選びになりました。わたくし自身がお手伝いいたします」

「ご迷惑かけたくありません」レミが言った。「きっとほかのご用事が……」

ミズ・キレンベは相好をくずして微笑んだ。「いいえ、ちっとも。おふたりの功績については楽しく読ませていただいていますし。もちろん、今日ここで検討する内容についてはけっして口外いたしません」彼女はそう言うと、人差し指を口に当てて片目をつぶった。「こちらへどうぞ、別に静かな部屋をご用意しました」

ついていった先は、ガラスに囲まれた部屋だった。中央に長いクルミ材のテーブルとクッションの利いた椅子が二脚。椅子の前にそれぞれ二〇インチのアップルｉＭａｃが置かれている。

ふたりの驚きの表情を見て、ミズ・キレンベはくすくす笑った。「三年前にスティーヴ・ジョブズさん（アップル社共同設立者）ご自身がこのキャンパスにいらしたんです。うちにほとんどコンピュータがなく、それも古いものばかりと知って、気前よく寄贈してくださったの。いまではこのすばらしいマシンが四十台あります。ブロードバンドのインターネットも完備して！

　さてと。始めていただかなくちゃ。その前にコーヒーをお持ちしますね。どちらにも蔵書目録用のゲストログイン機能がセットされています。資料の大半は、一九七〇年まではデジタル化されています。まだのものは地下の文書庫エリアに。必要なものがあったら教えてください、わたしがお持ちします。では、いいハンティングを！」

　そう言うと、ミズ・キレンベはドアを閉めて出ていった。

「どこから始めようか？」と、サムが言った。

「セルマに連絡しましょう」

　サムは画面のｉＣｈａｔのアイコンをダブルクリックし、セルマのアドレスを打ちこんだ。ｉＳｉｇｈｔカメラの横のＬＥＤが緑色に変わり、十秒後にセルマの顔が画面に現われた。

「いま、どちらですか？」と、彼女はたずねた。

「ダルエスサラーム大学だ」

セルマの後ろの作業台にはピーターとウェンディがすわっていた。ふたりが手を振った。

レミが言った。「わたしたちは猛勉強の準備中。そっちから、何か情報は？」

「最後の調べが終わるところです」

画面上でピーターがコンピュータのワークステーションに歩み寄り、キーボードを二度たたいて、「転送したよ、セルマ」と呼びかけた。サムとレミが見守るなか、セルマは画面にすばやく目を走らせて文書を吟味した。

ようやく彼女が口を開いた。「そちらにはあまりありませんね。主要な難破船データベースはすべて当たりましたが、ザンジバル周辺の海域には十八のサイトしか見つかりません。全方位で座標を八〇キロまで広げてみました。十八のうち十四は身元の確認がとれていますが、オフェリアの時代に多少なりと近いものは、ひとつしかありません」

「続けて」

「グラスゴー号。ザンジバルの回教王《スルタン》が一八七二年の嵐で自分の〝艦隊〟を失ったあと、一八七七年に就役しています。一八七八年の夏に国王の元に届けられますが、彼は気に入らなかったようで、ザンジバル沖に投錨されたまま使われることなく、一八九六年のイギリス・ザンジバル戦争中に英海軍の砲撃によって沈められました。

一九一二年、難破船引き揚げ会社の手により海底の残骸は船底の枠だけになり、断片の大半は海に投棄されました。七〇年代にグラスゴーのエンジンブロック、プロペラシャフト、陶器類、四キロ砲弾数発が見つかっています」

「どこなの、その場所は?」と、レミがたずねた。

「ストーン・タウンの浜辺から二〇〇メートルくらい沖。つまり、昨晩のレストランから見える範囲です」

「それだと、オフェリアの鐘を見つけた場所から直線距離にして二五キロくらい離れている」と、サムが言った。「つまり、グラスゴーは除外だ。ほかには?」

「データベース中、四件は身元の確認がとれていません。一隻は六〇キロくらい北のパンガニ川。次の二隻は八〇キロ北のタンガ湾。最後の一隻はダルエスサラームのムササニ湾にある、ボンゴヨ島の沖です。わたしにわかるかぎり、水深が一〇メートルを超えるところはありません」

「水深一〇メートルの透き通った水か」と、サムが言った。「その地域のダイビング・ショップに問い合わせてみよう。身元を確認した者はいたが、あえて報告しなかった可能性もある。たぶんいまでは、ダイビングの呼び物にすぎないだろうが」

「成果がなくて申し訳ありません」と、セルマが言った。

「そんなことないわ」と、レミが返した。「候補の除外は、選定と同じくらい大事な作業だもの」

「あとふたつ。ミセス・ファーゴ、例の人名についてはあなたのおっしゃるとおりでした。ナワトル語、つまりアステカの伝統的な名前です。あくまでわたしの私見ですが、メキシコ市ではここ二、三年、ちょっとした流行になっていて――」

「メシーカ・テノチカ党ね」と、レミが受けた。サムの顔に浮かんだとまどいの表情を見て、彼女は言い足した。「現大統領はスペイン侵攻以前のメキシコこそ真のメキシコと唱える超愛国主義者なの。アステカの名前を用い、学校で歴史を教え、宗教上の式典を行ない、芸術を……」

「つまり、リヴェラとその仲間は政治的狂信者でもあるわけだ」サムが素っ気なく返した。「ありがたくって涙が出るよ」

「ほかには、セルマ?」

「送っていただいた鐘の写真を詳しく調べました。舌《ぜつ》のことはお気づきですね?」

「見当たらないことかい？」サムが言った。「それなら気がついている」

サムは通話を切って、レミに顔を向けた。「では、新聞だな？」

彼女はうなずいた。「新聞ね」

研究調査に関して、サムとレミはピラミッド理論の信奉者だった。ピラミッドの頂点、つまり特定の細部から出発して、底、つまり全体へと作業の手を広げていく。ふたりはまず検索項目として〝オフェリア〟〝難破〟〝発見〟を試してみた。はたして、手に入ったのは、セルマが網羅してくれたものばかりだった。次に〝有名〟〝難破船〟〝ザンジバル〟を試してみると、期待どおりの結果が得られた。グラスゴー、一八七二年のハリケーンで失われたザンジバル国王の別の船エル・マジディ、そして一九一四年にドイツの巡洋艦ケーニヒスベルクの奇襲を受けて沈められた英《H》軍艦《MS》ペガサスについての、小さな記事だ。

キレンベがポットのコーヒーとマグをふたつ運んで戻ってきて、何か必要なことはないかとたずね、それからまた姿を消した。

レミが言った。「わたしたち、チュンベ島のことを忘れていたわ、サム。ＢＢＣのインタビューを見てリヴェラはここへ来たという想定を……」

「そうだ」サムは前回の検索語に〝チュンベ島〟を加えたが、ヒットはゼロだった。〝ダイビング〟〝人工遺物〟〝発見〟で再度試してみた。出てきた記事をスクロールし、あるところでその手がぴたっと止まった。「ふーん」と、彼はつぶやいた。

「なあに?」

「たぶんなんでもないんだろうが、妙なんだ。二カ月前、シルヴィー・ラドフォードというイギリス人の女性がストーン・タウンで殺されている。路上強盗から殺人に至ったらしい。チュンベ沖に潜りにきていたんだ。いいか、よく聞いてくれ。〝両親の話では、ミズ・ラドフォードはすばらしいダイビング休暇を過ごし、ローマ様式の剣の一部かもしれないと彼女が考えたものをはじめ、すでにいくつか人工遺物を見つけていた〟」

「ローマ様式の剣」レミがおうむ返しに言った。「面白いわ。彼女の言葉か、記者の言葉か、どっちだと思う?」

「わからない。いずれにしても、じつに具体的な記述だな。門外漢なら〝剣〟としか言わないところだ」

レミは画面に顔を近づけ、記者の名前を書きとめた。「この人のメモに残っているかもしれない」

サムはふたたびキーボードをたたきはじめた。こんどはすこし急いだ感じで。検索ボックスに〝南の〟〝ザンジバル〟〝ダイビング〟〝死〟と打ちこみ、時間枠を現在から十年前にセットした。画面に何十件か記事が現われた。

「分担しましょう」とレミが言い、同じ単語を自分の検索ボックスに打ちこんだ。

「古いのから始める?」

サムがうなずいた。

十年前から八年前まで、ふたりの検索語と結びつく死亡記事は四つあった。しかし、いずれも客観的な立場の証人による報告で事故と確認されていた。ひとつはサメにかじられ、ひとつはダイビング中の事故、残りふたつは輸送手段の事故で、いずれもアルコールがからんでいた。

「ここ」と、レミが言った。「七年前。二人亡くなってるわ。どっちもダイビング休暇中の観光客よ」

「場所は?」

「ザンジバル南西の海岸としか書かれていないわ。一人は車によるひき逃げ。もう一人はストーン・タウンで石段から転落している。アルコールは関係なく、目撃者もなし」

「六年前」サムが画面から読み上げた。「二人死亡。一人は自殺、一人は溺死。これも目撃者はいない」

同じように五年前から現在まで調べを続けた。亡くなったのは観光で来たダイバーたちで、その大半はチュンベ島の近くや周辺で過ごし、不可解な事故や路上強盗に遭って命を落としていた。

「こっちは五件」と、レミが言った。

「こっちは四件だ」と、サムが返した。

ふたりはしばらく押し黙った。

「偶然の一致と考えるしかないわよね?」と、レミが言った。サムが画面を凝視していたため、レミは言った。「そうじゃなかったら、どういうこと? リヴェラとその雇い主がチュンベ島に関心を示すダイバーたちを殺害してきたの?」

「いや、まさか。ダイバーの数は何百人……何千人にものぼる。発見を宣言した人たちかもしれない。それとも、地元のショップに持ちこんで確認してもらおうか。この仮説が正しければ、この人たちには何か別の共通点があるはずだ」

「誰かに発見の話をしたとか」と、レミが言ってみた。

「オフェリア、もしくは、上から名前が消されている船と関係がある、人工遺物の話を」

「いずれにしても、船が沈んだのがチュンベ沖なら、遺物は浜に打ち上がるはずよ。モンスーンが来るたび、あそこの海底には卓球のラケットを持った人間が来るのを待っている残骸があったはずだから」

「そのとおりだ」と、サム。「しかし、何か見つけても絶対外に漏らさない人間は大勢いる。彼らはお土産として家に持ち帰り、マントルピースの上に飾る。じっさい、気軽にやってくる財宝目当てのダイバーはほとんどがそういう人だ。何か見つけたら、出自を調べる小さな努力はするが、いかにも〝お宝らしい〟ものでないかぎり、思い出の品にする……〝ザンジバルの一週間〟とか名前をつけて」

「わたしたちがしている話は大きな飛躍ってわけね、サム」

「いま思い出した。リヴェラはオフェリアを探して七年になると言っていた」

「不可解な死亡事故や事件が始まったのと同じころよ」

「そのとおり。ループに電話をかける必要があるな。タンザニアの入国管理局と税関の記録がどれくらい正確か、確かめる必要がある」

サムが電話をかけて要望を説明すると、ルービン・ヘイウッドはにわかには信じがたいという感じだったが、求めには快く応じてくれた。「つまり、きみたちの仮説では、その死亡事故や事件が起こったときには、リヴェラがザンジバルにいたということか？」

「調べる価値はある。毎回あの男がいたという記録がなくても、自分の名前で旅していなかったかもしれないから」

「調べてみよう。まあ、気長に待ってくれ」

サムはお礼を言って通話を切った。

しばらくしてキレンベがドアをノックし、頭をなかに入れた。「何か必要なものはありませんか？」

ふたりは彼女にお礼を言って、ありませんと告げた。彼女が戻りかけたとき、サムがたずねた。「ミズ・キレンベ、あなたはこの図書館に来てどのくらいになりますか？」

「三十年です」

「この地域には？」

「生まれたときから。ザンジバルのフンバで生まれました」

「われわれはオフェリアという船にあったものを探しているんです。この名前に何か心当たりはないでしょうか？」

キレンベは眉間にしわを寄せた。十秒ほど考えてから彼女は言った。「ブレイロックには、もう行かれました？」

「ブレイロック？」

「バガモヨのブレイロック博物館です。あそこに船を描いた木炭画があるんです。わたしの記憶が確かなら、その船の名前はオフェリアでした」

12

バガモヨ

ザンジバルの近くにあるダルエスサラームとバガモヨの二都市のうち、後者はサムとレミのお気に入りだった。人口三万のバガモヨは、伝統的なアフリカと植民地時代のアフリカの歴史、その両方のエキスがぎゅっと詰まったような街で、二百五十万人が住むダルエスサラームのような大都市特有の喧騒とも無縁だ。

一七〇〇年代後半にオマーンの遊牧民によって建設され、象牙や塩を商うアラブやインドの貿易商、キリスト教使節団、奴隷商人、ドイツ領東アフリカの植民地政府、モロゴロやタンガニーカ湖やウサンバラを目指す大物狙いのハンターや探検者に、そのときどきの生活の場を提供してきた。

「これはわたしたちの知らなかった情報ね」とレミが言い、車を運転するサムのためにガイドブックを読み上げた。「デイヴィッド・リヴィングストンはアフリカでの長期滞在中、バガモヨを訪ねたことはいちどもなかった――少なくとも生存中は。死後、バガモヨに運ばれ、現在リヴィングストン・タワーと呼ばれているローマ・カトリック教会に安置され、遺体をザンジバルに運べるよう高潮のときを待った」

「面白い」と、サム。「みんなと同じように、当然バガモヨを中継基地に使っていたものと思っていたよ。うん、街はずれまで来たぞ。ミズ・キレンベはどこだと言っていた？　博物館は？」

レミがガイドブックから付箋のメモを剥がし、読み上げた。「古いドイツのボマ、つまり要塞から二ブロックのところ」

「どっちのだ？　たしか、ボマはふたつあるとガイドブックに書いてあった」

レミがメモをひっくり返した。「書いてくれたのはそれだけよ。両方調べる必要がありそうね」

バガモヨの三大観光名物、ワニ園とカオレ遺跡と樹齢五百年のバオバブの木から二〇〇メートルくらい北に、ひとつ目が見つかった。いまにもくずれ落ちそうな白塗りの要塞の前で、ふたりは未舗装道路に駐車して外に出た。ロバを引いた十代とおぼしき少年がそばを通りかかった。満面の笑みで、「ジャンボ。ハバリ・ガニ?」と言う。こんにちは、ご機嫌いかが、という意味だ。

サムがたどたどしいスワヒリ語で、「いいですよ《ンズーリ》。英語は話せますか《ウナセマ・キインゲレザ》?」と返した。

「はい、英語、すこし話せます」

「ブレイロック博物館を探しているんだが」

「ああ、はい、クレイジー・マン・ハウスね」

「いや、すまないが、ブレイロック博物館だ」

「はい、同じもの。もうひとつのボマ。一キロ先。リヴィングストンの十字架のところのですね?」

「それだ。ありがとう《アサンテ・サナ》」と、サムは答えた。

「どういたしまして、さよなら」

少年はチッチッと舌を鳴らし、ロバといっしょにまた歩きはじめた。

「あなたのスワヒリ語、上達しているわね」と、レミが言った。

「食べ物の注文は勘弁してくれよ。とんでもないのが来てしまうから」

「〃クレイジー・マン・ハウス〃ってどういう意味かしら？」

「行けばわかるんじゃないか」

もうひとつのボマは簡単に見つかった。白塗りの狭間胸壁をたどっていくと、砕いた貝殻を敷き詰めた駐車場に出た。さっきのボマより仕事をしている地元住民が多い。店先や日除けで覆った荷車で、食べ物や雑貨を売っている人々だ。サムとレミは車を降りて歩きはじめ、〃ブレイロック〃か〃クレイジー・マン〃と記された看板を探していった。二十分ほど探したが実りはなく、露天商の荷車の前で足を止めて氷で冷やした瓶のコーラを二本買い、行きかたをたずねた。

「ああ、クレイジー・マン・ハウス」と、男は言った。そして西の方向、狭い未舗装の路地を指差した。「あそこを二〇〇メートル、壁がある、木が集まっている。右に曲がる、通り道ある、ハウスある」

「ありがとう《アサンテ・サナ》」と、レミが言った。

「どういたしまして《スタレヘ》」

教えられたとおり、腰くらいの高さの泥と煉瓦でできた壁があり、そのあとアカシアとラベンダーの木立が出てきた。右に曲がると五メートルくらい先に壁のときれが見えてきた。その向かいに曲がりくねった小道があり、そこをたどって木立を抜けると、白い杭垣が出てきて、その先に小さな建物があった。細長い構造で、外装の色はバターイエロー。紺色のどっしりした鎧戸がついている。階段を上がった玄関の前に白地に黒の手塗りの看板があって、そこに〈ブレイロック博物館および骨董店〉と記されていた。〝および骨董店〟の部分はあとから付け足したらしく、別の手で書かれている。

ドアを開くと、上の呼び鈴が鳴った。空間のまんなかに手斧《ちような》がけされた支柱が何本か立って屋根の垂木を支え、その垂木から雑な詰めかたをした鳥の剝製が何十もぶら下がっていた。空を飛んでいる姿のつもりらしい、とサムとレミは思った。剝製の上の垂木には生きている鳩も何羽か留まっていた。そのクークーという鳴き声が空間に満ちている。

壁には枝編み細工の棚がたくさん並んでいるが、高さや幅や色合いはみんなばらばらだ。空間の中央線上に、すりきれたシーツで覆ったがたがたのトランプテーブルが、間隔をあけて八つ並んでいた。棚にもテーブルにも、装飾品が何百点か置かれている。木や象牙を材料にした小さな彫像だ。キリンやライオンやシマウマやデイクディクや蛇や人をかたどっている。ナイフのコレクションは標準的なポケットナイフのたぐいから骨を刻んだ短剣まで多岐にわたっていた。崇拝対象がモチーフの手描きの絵は、鳥の羽根や樹皮の断片に覆われている。獣皮に描かれた手描きの地図がある。木炭筆で描かれた肖像画や風景画。羅針盤。動物の胃から作られた水入れ袋。ウェブリーの各種モデルのリボルバーに、さまざまな大きさの銃弾。

「〈ブレイロック博物館および骨董店〉にようこそ」と、驚くほど上手な英語が呼びかけた。

部屋の反対側の端に、ふたりが気づかなかったテーブルがひとつあって、その向こうにボルティモア・オリオールズの野球帽をかぶって〈got milk?〉の白いTシャツを着た年配の黒人がいた。

「ありがとう」と、レミが返事をした。

ふたりは歩み寄って自己紹介した。

「わたしはモートンです」と、男は応じた。

「失礼ですが、ここはどういう場所ですか?」と、サムがたずねた。

「ブレイロック博物館および骨董店です」

「それはわかりますが、つまり、このブレイロックというのはどんな人なんでしょう?」

「暗黒大陸の海岸線に輝きを与えた、もっとも偉大な無名のアフリカ人探検家です」と、男は答えた。いかにも言い慣れた感じの口上だ。「彼のおかげで何百もの命とその子孫の命が救われました。バガモヨのムボゴこと、ウィンストン・ロイド・ブレイロックのおかげで」

「バガモヨのムボゴ」サムがおうむ返しに言った。「バガモヨの水牛《バッファロー》という意味ですか?」

「そのとおり。ケープバッファロー（アフリカスイギュウ）のことですよ」

「その人のことを、すこし教えてもらえますか?」と、レミが言った。

「ムボゴ・ブレイロックは一八七二年、成功を夢見てアメリカからバガモヨへやってきました。身長は一九〇センチ、体重は当時のタンザニアの平均的な男の二倍あり、肩幅は水牛《ムボゴ》くらい広かったため、そこからその名がついたのです」

「あれがそうですか?」サムがモートンの上の壁に掛かっている、粒子の粗い白黒の銀板写真を指差した。そこにはヘミングウェイばりのサファリ服を着た、背が高くて肩幅の広い男が写っていた。背後にマサイ族の戦士が十二人、アセガイの槍を手にひざまずいている。

「これが彼です」と、モートンは請け合った。「この立派な革綴じの本一冊に、ムボゴの経歴がすべて収められています」

モートンは右手の壁にある枝編み細工の棚を、さっと手で示した。レミが歩み寄り、積み重なった本の山から一冊を持ち上げた。表紙は革というか、ホチキスで適当に留めた合成皮革《ノーガハイド》だった。壁の写真の複製が接着されている。

「二冊お願いします」とサムが言い、本をテーブルに持っていった。彼が支払いをしているあいだにレミがたずねた。「こちらに船に関係するものがあるかもしれないと聞いてきたんです。オフェリアという船ですが?」

モートンはうなずいて、一〇〇×一五〇センチほどの額に入った蒸気帆船の木炭画を指差した。「オフェリアの行方を探したのが、ムボゴ・ブレイロックの最初の大冒険でした。全部、その本に書かれています。索引はわたしがつけました。三年がかりで」

「それは大変でしたね」と、レミが言った。「なぜあなたはこちらに……いらしたんでしょう? 親族のかたがブレイロック氏とお知り合いだったとか?」

ふたりが入ってきてから初めてモートンが微笑んだ。誇らしそうに。「わたしはムボゴ・ブレイロックの末裔です。ムボゴの曾孫の又従兄弟にあたります」

「なんだって？」サムが言った。「ウィンストン・ブレイロックの親族なんですか？」

「もちろんです。似てませんか？」

サムとレミはどう応じたものか、言葉を失った。しばらくしてモートンがポンとひざをたたき、笑い声をあげた。「驚きましたか？」

「ええ、びっくりしました」サムは言った。「それじゃ、やっぱり――」

「いや、いま言ったのは真実ですよ。しかし、似たところを見つけるのは大変でしょうな。お望みなら、出生証明書をお見せしてもいい」ふたりが答える間もなく、モートンはテーブルの下にあった錠つきの箱を取り出した。それを開き、ふたりのほうにすべらせる。サムとレミは体をかがめて目を凝らし、また体をまっすぐ戻した。

「びっくりです」と、レミが言った。「それじゃ、彼は結婚していたの？　タンザニア人の妻をめとったの？」

「当時はまだタンガニーカと呼ばれていましたね、タンザニアは。ドイツが来る前ですが。それと、いまのはちがいます。妻をめとりはしなかった。しかし、妾《めかけ》が六人いて、たくさん子どもをもうけた。そのあたりも本に書かれていますよ」

サムとレミは唖然として顔を見合わせた。サムがモートンにたずねた。「彼はどうなったんですか？」

「知る者はいないのです。一八八二年にここから姿を消しました。財宝を追っていたと、彼の孫が主張していますが」

「どんな財宝を？」

「彼は秘密にして、誰にも教えなかった」

「町の人が何人か、ここのことを――」

「クレイジー・マン・ハウスですか」モートンが言った。「蔑称ではありません。言葉がきちんと英訳されなかったからなんです。クレイジーのところは……スワヒリ語で自由奔放を意味する言葉でして。英語のワイルドにあたります」

「この遺物はすべて彼のものだったんですか？」と、レミがたずねた。

「ええ。ほとんどは彼がみずからの手で殺したり、作ったり、見つけたりしたものです。土産物やお供え物もありますけどね。適正な価格を言ってくだされば、考えますよ」

「どういうことでしょう。彼の遺産を売るということですか？」

「しかたがないんです。わたしはムボゴ・ブレイロックの末裔の、最後の一人でして。少なくとも、血筋はまだ絶えていない。二人の孫がイギリスで暮らしています。その子たちに大学を卒業させてやりたい。わたしは病気で、もう長くないんです」

「とても残念なお話です」と、サム。「ちょっと見て回っていいですか?」

「もちろんです。お訊きになりたいことがあれば、なんなりと」

サムとレミは離れていった。レミがささやいた。「全部本当だと思う? あの写真はヘミングウェイにそっくりよ」

「ミズ・キレンベに電話をかけて、訊いてみたら?」

レミは外に出て、五分後に戻ってきた。彼女が歩み寄ると、サムは壁に掛かっている杖を見つめていた。

「すべて本物ですって。博物館は一九一五年からここにあるのよ」サムは返事をしなかった。杖に目が釘づけになっている。身じろぎもしない。「サム? 聞こえなかった? サム、なににそんなに心を奪われているの?」

「あれに変わったものが見えないか?」と、彼はつぶやくように言った。

レミはしばらくじっと観察した。「いいえ、なんにも」

「頭のところを見ろ……端の丸い金属部分だ」

レミはそこを見た。首を傾け、目を細める。「あれって……?」

サムがうなずいた。「鐘の舌《ぜつ》だ」
ふたりでさらに十秒ばかりまじまじと見たあと、サムがモートンのほうを向いて、
「あれ全部でいくらになりますか?」と言った。

13

ザンジバル

「なんですって？」スピーカーフォンからセルマが訊き返した。「もういちどお願いします。こっちになにを送りたいですって？」

トヨタの助手席からレミが言った。「博物館全部じゃないの、セルマ、中身だけよ。全部で重さは……」彼女がサムを見ると、サムは「二〇〇キロから三〇〇キロだな」と言った。

セルマは「聞こえました」と言った。そしてためいきをついた。「誰と話をすればー―」

「所有者の名前はモートン・ブレイロック。きみたち二人に手配はまかせる。そのあいだ、彼はダルエスサラームのモーヴェンピック・ロイヤル・パームに泊まらせておく。今日の午後までにバークレイズに口座を開設するそうだ。うちの業務用口座から三万ドル送金して、そのあと、すべて荷造りしてそっちへ発送した時点であと三万ドル送ってくれ」

「六万ドル?」セルマが言った。「六万ドル支払うことになったんですか? タンザニア・シリングでいくらになるかご存じですか? ひと財産ですよ。いちおう値段交渉はなさったんですよね?」

「向こうは二万ドルと言ったんだが」サムが答えた。「こっちから上げるよう言ったんだ、セルマ。彼は死を目前にしていて、大学を卒業させてやりたい孫たちがいる」

「詐欺師のような気がしますけど」

「そうは思えないわ」と、レミが答えた。「杖の長さは二メートルちょっとで、黒い硬木でできていて、頭にオフェリアの鐘の、青銅の舌《ぜつ》がついているの」

「今日は〝セルマに冗談をかます日〟ですか?」

サムが答えた。「自分で確かめてくれ。博物館からの第一便で送られてくる。ブレイロックの伝記も一冊、フェデックスで送る。きみの魔法を働かせてもらう必要があるからな。分析して、人名と地名と記述をすべて相互参照できるようにしてほしい……いつものように」

「アルプスのあの洞穴から電話をいただいて以来ですわ、こんなに興奮しているおふたりの声は」

「興奮してますとも」レミが答えた。「ウィンストン・ブレイロックは人生の大半を財宝探しに費やしたみたいだし、わたしたちの思い違いでなかったら、それがリヴェラとそのボスが見つけてほしくないものなんだわ。ブレイロックはわたしたちのロゼッタ石《ストーン》かもしれないの」

ランドクルーザーが方向転換してヴィラに続く道に出たところで、サムが急ブレーキをかけた。一〇〇メートルくらい先に、中庭を横切って低木の茂みに消えていく人影が見えた。

レミが「セルマ、またかけなおすわ」と言って、電話を切った。「いまの、あいつら、サム?」

「やつらだ。中庭を調べろ。鐘がない」

右前方の、浜辺とヴィラを隔てている低木の茂みから、さっきの人影が出てきて海岸線を全力疾走しはじめた。その先の波止場に全長八メートルのリンカーの発動《パワー》機艇《ボート》がいた。アンドレイエールの向かいだ。その一キロくらい向こうにンジワが錨を下ろしている。リンカーの後部甲板に二人の人間が立っていた。その間にオフェリアの号鐘が見えた。

「ちきしょう!」サムがつぶやいた。

「どうやって見つけたの?」と、レミが言った。

「見当もつかない。しっかりつかまってろ!」

アクセルペダルを踏みこむ。タイヤが土を噛んでランドクルーザーが前のめりになった。スピードメーターが八〇キロを超え、サムは右へ左へハンドルを切り、ボンネットが茂みに覆われた土手と向きあった。

「あら……」と、レミが言った。ダッシュボードに両手を押しつけ、頭を背もたれに押しつける。

土手が大きく迫ってきた。ランドクルーザーが後ろに傾く。フロントグラスが空に埋め尽くされたと思うと、車体はまた前へ傾いて、宙を舞い、タイヤが空回りしてエンジンがうなりをあげた。地面に落下。フロントグラスに砂が降りかかる。サムが思いきりアクセルを踏みこむと、エンジンは一瞬、抵抗のうなりをあげたが、すぐ反応して、ふたたび車を前進させた。ただし、タイヤが乾いた砂に足をとられてスピードは半減した。

前方を走っていた男が波止場にたどり着こうとしていた。男は肩越しにさっと振り返り、ランドクルーザーを見てつまずいた。ヤオトルだ。

「わが家のもてなしが気に入らなかったらしい！」と、サムが叫んだ。

「いったいなぜなの！」と、レミが返す。

ヤオトルが立ち上がった。波止場の階段を二段ずつ猛然と駆け上がり、待っているリンカーに向かって突進した。リヴェラとノチトリが腕を振り立ててヤオトルを急きたてる。

サムはハンドルをあちこち動かして、タイヤがもっとしっかり地面をとらえられないか試していった。波止場まで五〇メートル。ヤオトルがリンカーにたどり着いて飛び乗った。三〇メートル。ノチトリが操縦席に行ってハンドルの前に収まった。排気マニホールドから勢いよく煙が噴き出す。

リヴェラは息を切らしているヤオトルにさりげなく近寄り、ぽんとひとつ肩を叩くと、船尾に歩み寄った。迫ってくるランドクルーザーに一瞬目を凝らし、それから、さよならをするみたいに片手を持ち上げた。

サムがつぶやいた。「このろくで――」

「何か持ってる」と、レミが言った。

「なに？」

「手よ！　何か握ってる！」

サムは急ブレーキをかけた。ランドクルーザーは横向きに回り、車体を震わせて停止した。ギヤをバックに入れ、ブレーキからアクセルへ足を移す用意をした。

リヴェラがふたりの目を見つめたまま、ゾッとするような笑みを浮かべて手を持ち上げた。手榴弾のピンを引き抜き、体をひねってアンドレイエールに投げつける。

リンカーは波しぶきをあげて勢いよく波止場を離れ、ンジワのほうへ向かった。

手榴弾が爆発し、すさまじい音をたてた。木っ端と水が間欠泉のように噴き上がり、波止場に雨あられと降りそそぐ。アンドレイエールは沈みはじめ、ゴボゴボとあぶくをたてながらゆっくり没していった。


SUVをバックさせ、砂と砂丘から道路に戻ると、リヴェラたちのリンカーがンジワに近づいていくところが見えた。何分かでラグジュアリー・ヨットの錨が上がり、船が動きはじめた。海岸を南へ進んでいく。

「あの鐘、情が湧いてきたところだったのに」と、サムがつぶやいた。

「そして、あなたは負けず嫌い」と、レミがいった。うなずくサムに、彼女は「わたしもよ」と付け足した。

サムはレミのひざの上に体を傾け、グローブ・ボックスからヘックラー&コッホP30を取り出して、「すぐ戻る」と言った。車を降りてヴィラまで歩き、なかへ消えた。二分くらいして出てくると、彼はレミにOKの合図を送った。彼女は横に移動して運転席に乗りこむと、敷地内の車道にトヨタを乗り入れた。

「荒らされていた?」彼女が車を降りてたずねた。

サムはいいやと首を横に振った。「しかし、どうやってうちを見つけたかはわかった」

サムはレミをしたがえて、ヤオトルを確保していた客間へ行くと、客人の左手首を縛っていた輪を指差した。赤みがかった暗い茶色に染まっている。残りの三つの輪はほどかれていた。

「血だわ」レミが言った。「苦労の末に自由になったのね」

「そして、リヴェラに電話した」と、サムが言い足した。「これだけは認めてやろう。痛みに強い男だ。手首は骨まで削げているにちがいない」

「なぜ、わたしたちを待ち伏せしなかったの?」

「わからん。リヴェラはまぬけじゃない。こっちにヤオトルの銃があるから、警察の注意を引きたくなかったのかもしれない」

「わたしたちは最大の関心事じゃないのよ。目当てのものは手に入ったし。あれがないと、わたしたちが手に入れたのは、興味深い話だけになっちゃうわ。サム、いったいあの鐘のどこがそんなに重要なの?」


用心に越したことはないし、このヴィラはもはや安全ではないと、ふたりの意見は一致した。なかに残っている数少ない所持品をまとめてトヨタに引き返し、一〇キロちょっと南のチワカという小さな町に向かった。町の自慢はザンジバル財政協会という謎めいた名称の機関だけらしい。空調の利いたビーチフロントのレストランを見つけて入り、水槽のそばの静かな席をリクエストした。

レミが窓を指差した。「あれは……?」

サムが目を向けた。ンジワがまだ三キロほど沖を、蒸気をあげながらゆっくり南に向かっていた。サムは小声でののしりの言葉を吐き、氷水をひと口飲んだ。

「で、あなたはどうしたいの?」と、レミがうながした。

サムは肩をすくめた。「苦労の末に手に入れたものを盗まれて、自尊心が傷ついているだけなのかどうか。それだけじゃ、銃の照準のなかへ戻っていく理由には足りない」

「それだけじゃないわ。やつらがどんなに世間から鐘やその船のことを隠したがっているか、わたしたちは知っている。そのためにおそらく殺人まで犯したような連中よ。鐘は破壊されるか、二度と見つからない深海に沈められちゃうわ。重要な歴史の一部なのに、ゴミみたいに捨てられちゃう」

サムの電話が鳴った。「セルマだ」とレミに言い、応答してスピーカーフォンのボタンを軽くたたいた。例によって、セルマは前置きなしで飛びこんできた。「おふたりが手に入れた鐘は興味深い発見です」

「でした、だ」と、サムは答えた。「もう手元にない」と言って、事情を説明した。

レミが、「とりあえず、話を聞かせて、セルマ」とうながした。

「興味深いお知らせと、びっくり仰天のお知らせ、どっちを先にしましょう?」

「興味深いほうを」

「ウェンディが〈フォトショップ〉の魔法を使って、写真をフィルターか何かにかけたんです。彼女が言ってることは、ほとんどちんぷんかんぷんでしたけど。海洋生成物がびっしり生えている下には、字が彫りこまれていました」

「どんな?」と、サムうながした。

「まだよくわかりません。象徴《シンボル》のたぐいが少々と、スワヒリ語と絵文字らしきものです。どれもまだ、意味が通るまではいかなくて。見た感じ、鐘の内側は、ほとんどそれに覆われています」

「いいわ、次はびっくり仰天させて」と、レミが言った。

「ウェンディは〝オフェリア〟という彫りこみの下にあった名前から、また何字か引き出すことにも成功しました。最初のふたつのSとH、最後のHに加えて、その間から二文字。スペースを空けてNがふたつです」

レミはさっそくホルダーからナプキンをつかみ、サムといっしょに綴り変え《アナグラム》にとりかかった。

セルマが話を続けた。「この文字と配列をアナグラムのプログラムにかけて、難破船データベースの結果と交差試験《クロスマッチ》させた結果、出てきたのは――」

「シェナンドア［Shenandoah］」と、サムとレミが声をそろえた。

14

ザンジバル

サムとレミは南部連合国艦シェナンドアに前々から魅せられていたのだが、これまでは物語《サガ》の背後にある謎を探る時間がなかった。彼らはいま、船の号鐘というかたちで運命から青銅の招待状を手渡された気分だった。

排水量一一六〇トンの蒸気巡洋艦シェナンドアは一八六三年の夏、海の王《シー・キング》号の名で、スコットランドのクライド川にあるアレクサンダー・スティーヴン&サンズ造船所から進水した。鉄の骨格にチーク材の板を張りわたした黒い船体は、帆と補助蒸気動力で完全艤装され、東アジアの茶葉貿易航路の貨物輸送船として設計された。

ところが、この船の未来に茶葉の輸送はなかった。

就役から一年後の一八六四年九月、南部連合国の秘密情報部がこのシー・キングを秘密裏に買い取った。船は十月八日に総員数の商人を乗せて出帆し、貿易の名目でボンベイへの処女航海に出た。その九日後にアフリカ海岸沖、マデイラ島の近くで待っていた蒸気船ローレル号とランデブーを果たす。ローレルの船上には海軍士官たちと、シー・キングに新たに乗り組む中核メンバーがいた。全員が忠実かつ経験豊富な水夫で、アメリカ南部人か、南部連合に好意的なイギリス人だった。船長はノースカロライナ出身でアメリカ海軍兵学校を卒業した、四十一歳のジェイムズ・アイアデル・ワッデル大尉。

ローレルが積んでいた海軍の銃砲と弾薬と搭載品は、すぐさまシー・キングに移された。シー・キングの乗員は唖然として、腹を立てたが、これまでより高い賃金で新しい探検に加わるか、ローレルに移ったあとモロッコ海岸沖にあるカナリア諸島のテネリフェ島に放置されるかの選択を迫られた。結局、ワッデルはシー・キングの船員から充分な協力を得られず、新たに就役した商船襲撃艦シェナンドアは通常総員数の半分しか乗り組ませることができなかった。それでも十月二十一日にマデイラ諸島を出航し、あちこちで北軍の艦船を見つけて破壊・拿捕する任務に着手した。

シェナンドアは一八六四年の秋から一八六五年の冬にかけて南大西洋を走り抜け、喜望峰を回ってインド洋に入ると、オーストラリアまで横断し、北軍の旗を掲げた商船を破壊・拿捕したのちに、イギリスの太平洋捕鯨海域に照準を定め、ニューギニアから北上してオホーツク海とベーリング海へ向かった。

南部連合の旗を掲げ軍艦として航海した九カ月のあいだに、シェナンドアは四十隻近い敵船を破壊してのけた。一八六五年八月二日、南軍司令官のロバート・リーがアポマトックスで降伏してからおよそ四カ月後に、シェナンドアは通りかかったイギリスの小型帆船バラクータから戦争の終結を知らされた。ワッデル船長はシェナンドアの武装解除を命じたのちにイギリスのリヴァプールへ針路を定め、同年十一月、彼と乗組員は同地でシェナンドアを明け渡した。翌年三月、この船は仲介人を通じてザンジバルの初代国王《スルタン》サイイド・マジド・ビン・サイード・アル・ブサイードに売却され、この王が自分の名前から船をエル・マジディと改名した。

シェナンドアの歴史でサムとレミの興味を大きくかき立ててきたのは、次の部分だ。エル・マジディの最終的な処遇については三つの説がある。①一八七二年のハリケーンで損傷を受け、その直後にザンジバル海峡で沈没した。②ハリケーンの六カ月後、修繕のためボンベイへ曳航中に沈没した。③ボンベイから帰国する途中、一八七九年十一月にソコトラ島付近で岩礁にぶつかって沈没した。

「これを見ると、答えよりたくさんの疑問が湧いてくる」と、サムが言った。「まず、この船をオフェリアと改名したのは、ブレイロックか、それとも別の誰か?」

「そして、なぜ改名されたのか?」と、レミが付け加えた。「また、なぜオフェリアの記録はどこにもないのか?」

「そして最大の疑問――そもそも、なぜぼくらはその号鐘を見つけたのか?」

「どういう意味?」と、レミがたずねた。

「ワッデルがシェナンドアを明け渡したあと、船と船上のすべては北軍の資産になったのではないのか?」

「あの鐘も含めて」

「あの鐘も含めて」と、サムが繰り返した。

「北軍がザンジバルのスルタンに、船の一切合財を売り渡したのかもしれない」

「かもしれない。しかし、あれは一八六六年の話だ。どっちの説を採るかによるが、エル・マジディが沈むまでにはあと六年か十三年ある。スルタンのやつは自分にちなんだ名前を船につけたくらいだ。別の船の名前を刻んだ鐘を大事に取っておくだろうか?」

「そうは思えないわね。船を再装備した人たちが鐘を船外に捨てただけの話かもしれない。そのほうが都合がよかったから」

夫婦で議論をするときは、レミがあえて反対の立場をとる。全力を尽くして考えの穴をつつくこともよくあった。〝レミの鞭打ち〟を浴びても沈まなければ、それは有力な説ということだ。

サムは彼女の説を検討した。「可能性はあるが、ぼくはいまスルタンの船舶修繕員の視点で考えようとしている。たぶん、あんまり裕福じゃない。こき使われて、賃金は不当に安い。当然、スルタンはぴかぴかの新しい号鐘を含めた国王にふさわしい船を要求する。その場合、この修繕員は重さ四〇キロの頑丈な青銅の鐘をどうするだろう?」

「売ります」と、セルマが割りこんだ。

「可能性ありね」と、レミが言った。「ブレイロックはいずれかの時点でこの鐘と出合ったものと仮定するのが、無難な気がする。鐘が船に付いたままだったら、買ったか盗み出したかして、名前をオフェリアと変えた。スルタンが鐘を捨てていた場合は、ブレイロックが引き揚げて、シェナンドアの名前を覆い隠し、その上にオフェリアと刻みつけた」

「で、それでなにをしたんだ？　じっと見つめたのか？」

「博物館の木炭画からみて、彼はあの船をオフェリアと考えていた」

サムがパチンと指を鳴らした。「頭のなかで考えるのはこの辺にしよう。レミ、きみのラップトップを立ち上げてくれ。セルマ、シェナンドアとエル・マジディの写真をメールで送ってくれないか」

待つあいだにサムはレミのラップトップにカメラを接続し、ふたりが撮ったオフェリアの木炭画の写真をレミが呼び出した。「Ｗｉ‐Ｆｉの受信記号が出てないわ」と、レミが言った。

サムは立ち上がって歩きまわり、手近なテーブルの下を調べた。「イーサネットのプラグの差しこみ口がある」と言い、それから女支配人のところに向かった。二分くらいしてイーサネットのケーブルを手に戻ってくると、まずそれをレミのラップトップにつなぎ、そのあといちばん近いプラグにつないだ。「ダイヤルアップ接続のインターネットだが、これで充分だ」と、サムは言った。

電話でセルマが言った。「画像を送っています」

ＪＰＥＧ画像を取りこむのに四分かかった。レミが自分の画面に写真を並べ、二、三分かけて写真を回転させたり拡大したり色をいじったりしたところで、ふたりは確信を得た。「同じ船だわ」と、レミが言った。

「同感だ」と、サムも認めた。「ブレイロックのオフェリアはシェナンドアでもあり、エル・マジディでもある。問題は、どの時点でブレイロックが現われ、なぜその記録がどこにもないのかだ」

「リヴェラたちがこの鐘に関心を持っているのは明らかよ。だけど、関心の対象は鐘そのもの？　それとも、かつて鐘がついていた船？」

「突き止める方法はひとつ」サムが言った。「リヴェラに破壊されたり始末されたりしないうちに、鐘を取り戻すしかない」

彼らの仕事の多くがそうだったが、これも〝言うは易く、行なうは難し〟だと、ふたりはたちまち気がついた。サムがリュックをかき回して双眼鏡を取り出した。立ち上がって窓の外に向ける。三十秒くらいでそれを下ろした。「船はまだ南に向かっている。ピングウェ岬の向こうにすべりこむところだ。まだそんなに急いでいない」

「わたしたちを負かした気ね」

サムがにやりとした。「誰が弱音を吐くものか」彼は電話を持ち上げ、ルービン・ヘイウッドの番号をダイヤルした。

「サム、ちょうどかけようとしたところだ」と、ルービンが言った。

「賢者の考えは同じってやつだ。波長が合ってるといいな」

「ンジワの情報だ」

「ありがたい」

「所有者はアンボニシエ・オカフォルという男だ。タンザニアの長者番付十傑に入っている。あの国の輸出品で、この男が大きな出資をしていないものはないと言っていいくらいだ。カシューナッツ、タバコの葉、コーヒー、綿花、サイザル麻、高価な宝石、各種鉱物……」

「リヴェラみたいな汚れ仕事屋とオカフォルみたいな人間が、どこでどうつながるんだ?」

「正確なところはわからないが、ちょっと掘り下げて調べてみた。この五年でメキシコ政府はタンザニアからの輸入量を急激に増やしている。その大半はアンボニシエ・オカフォルが支配する会社からだ。つまり、リヴェラにはメキシコ・シティに有力者の知りあいがいるということだ。サム、きみたちが敵に回しているのは、何人かの傭兵じゃない。一国の政府と、大きな影響力を持つタンザニアの富豪だ」

「ルーブ、忠告を無視するつもりはないんだが、いま必要なのは、あの鐘を取り戻して――」

「どういう意味だ？」

「やつらに盗まれた。いま必要なのは、鐘を取り戻して帰国することだけだ」

「言うは易し、行なうは――」

「わかってる。ンジワのことで、ほかには？」

「オカフォルが所有する二艘のヨットのひとつだ。ダルエスサラームから南へ直線距離で五〇キロくらいの、スクティ島を母港にしている。そこにはオカフォルの別荘がある。島を丸ごとひとつ所有しているんだ」

「なるほど」

サムとレミは長年のうちに、誇大妄想狂の大金持ちには共通の性質があることに気がついていた。〝下々の者たち〟との交わりを嫌うのだ。自分の島を持てば、たしかにその目的にはかなうだろう。

ルービンが言った。「次になにをする気か、訊くまでもないんだろうな？」

「たぶん」

「わかった。しかし、お決まりの〝用心しろよ〟は投げ入れとこう」

「電話できたら電話する」

サムは通話を切って、いまの話をレミに詳しく説明した。彼女はすこし考えて、

「試してみても悪くないわ。ひとつだけ条件があるけど」と言った。

「なんだい？」

「慎重さは勇気に勝るってこと。わたしたちの手に余るようなら――」

「撤退する」

「ンジワはスクティ島に向かっているものと考えていいわね」

サムがうなずいた。「ちがったら、たぶんこの勝負は負けだ。正しいとしたら、
やつらが手をかける前に鐘にたどり着く必要がある」

15

タンザニア

サムとレミがタンザニアの地理という壁にぶち当たっているうちに、ンジワのささやかなリードは手に負えないくらいまで広がった。沿岸の人口密集地の間を車で移動できれば問題はないのだが、辺鄙《へんぴ》な場所をたどっていくと悪夢のような状況になる。そのことに彼らは気がついたのだ。ダルエスサラームから南へ向かう車道はB2だけだ。B2はタンザニアの南部全域を走っているが、スクティ島の南一五〇キロにあるサマンガ村に至るまで、海岸に一五キロ以上近づくところはない。陸路では目的地に着くこともンジワより先に着くこともできないと知って、ふたりは計画を立てなおした。リヴェラに有力者の友人がついているのがわかった以上、すこし被害妄想的なくらいに慎重を期そう。リヴェラが最悪の事態を想定してゲームを進めているのなら、ふたりがザンジバルかダルエスサラームから追撃してくることも念頭に置いているかもしれない。陸路での移動について同じ結論に達していれば、ふたりは船で来ると予想するだろう。

最初の五、六回、電話は無駄に終わったが、黄昏《たそがれ》をむかえるころには、翌朝ダルエスサラーム郊外のラス・クタニ飛行場からマフィア島の飛行場まで運んでくれる辺境飛行士《ブッシュ・パイロット》が見つかった。スクティ島までは、そこから北へ半日かけて船で移動する。細かなことは後方支援の名手セルマの手に委ねた。

アフリカとはこういうものか、とファーゴ夫妻は実感した。「アフリカン・マイル」という言葉を聞いたことはあったが、じかに体験するのはこれが初めてだ。海岸を五〇キロ移動するのに複雑に入り組んだ道を二五〇キロ旅しなければならないのは、ここくらいのものだろう。

ひと晩時間をつぶす必要が出てきて、サムは約束どおり、海を見晴らすモーヴェンピック・ロイヤル・ホテルに部屋を取った。ホテルのスパで午後を過ごしたあと、ふたりはホテルのイタリア料理店〈ル・オリヴェート〉で遅いディナーをともにした。

「何カ月も文明から離れていた気分」と、レミがテーブルの向こうから言った。

「そうは見えないよ」と、サムは返した。ふだんから目ざといレミはホテルのブティックで、シンプルだがエレガントなザック・ポーゼンの〝リトルブラックドレス〟を見つけていた。

「ありがとう、サム」

ウェイターが来て、サムはワインを注文した。

サムがレミに言った。「スパでブレイロックの伝記を読んでいたな。何かわかったか？」

「話がなかなか進まなくて。あれはブレイロック本人が書いたものじゃないわ。それだけは確かよ。ブレイロックがろくに英語を理解してなかったのでないかぎり。モートンが書いたんじゃないかしら。だけど、なにをもとに？　ひとつ気がついたことがあるわ。アフリカに来る以前のブレイロックに関する記述がないの。話はバガモヨに足を踏み入れた日から始まっていて。それ以前の人生については、詳しい記述がいっさいないの」

「興味深い。索引は？」

レミは肩をすくめた。「予想はつくと思うけど。セルマとピートとウェンディがきっと頑張ってくれるわ。鐘やオフェリアに関する記述がないかはざっと調べてみた。ひとつもないのよ、これが」

「妙だな。わけのわからない文字をあれだけ刻んだのが彼だとしたら、何かしら出てきてしかるべきだろう。秘密を隠そうとしている人間のにおいがする」

「大きな秘密を」と、レミが言い足した。「それを隠すためにメキシコ政府が七年にわたって人を殺してきたかもしれないくらい、大きな秘密よ」


夜明けの直後に空港シャトルでラス・クタニ飛行場に着いた。朝霧のなかを動きまわっている二、三の整備員を別にすれば、ひっそりとしていて活気に乏しい。シャトルが離れていくと、靄《もや》のなかから人が現われ、ふたりに近づいてきた。カーキ色のサファリ・ジャケットに、ふくらはぎまでのジャングルブーツに、米軍レンジャーズ部隊の記章をあしらった野球帽。黒髪を短く刈って、濃い口髭をたくわえている。

「エド・ミッチェルだ」と、男は前置き抜きで言った。

「サム・ファーゴとレミ・ファーゴです」サムが返した。「アメリカ人ですね」

「まあな。国外居住者ってやつだ。それだけかい?」彼はサムとレミのリュックをあごで示した。荷物の大半は、モーヴェンピックのコンシェルジュで昔からの友人でもあるヴトロに預けてきた。

「これだけです」と、サムは答えた。

「わかった。準備がよければ出かけよう」

ミッチェルはくるりと回って歩きだした。サムとレミもそのあとに続き、頑丈そうだがいかにも風雪に耐えてきた感じがするブッシュ・エア・セスナ182に向かった。ミッチェルは荷物を積みこんで、ふたりを後部座席にすわらせ、シートベルトを締めさせると、機械的に飛行前のチェックをした。セスナにたどり着いて五分もしないうちに、彼らは空中に上がって南に向かっていた。

「ダイビングかい?」ミッチェルの声がヘッドフォンからたずねた。

「え?」と、レミ。

「マフィア島の目的はそれなんだろ」

「ああ。そうです」

サムが言った。「ミッチェルさん、アフリカに来てどのくらいですか?」

「エドと呼んでくれ。二十二年かな。八八年にランド研究所とレーダーの設置に来たんだ。ここと恋に落ちて、とどまることにした。ヴェトナムでスパッド（攻撃機スカイレイダーの愛称）やヒューイを操縦してたから、辺境飛行は天職みたいなもんさ。開業して、あとは知ってのとおりだ」

「よく聞く話だわ」と、レミが返した。

「どこが？」

「アフリカと恋に落ちたところ」

「アフリカには癖になる傾向があってな。友人に会うために、二、三年ごとにアメリカに帰るんだが、いつも早々に戻ってきてしまう」初めてミッチェルがくっくっと笑った。「まあ、アフリカ中毒ってとこかな」

「スクティ島のことは何か知ってますか？」と、サムがたずねた。

「ダイビングには絶好だ。持ち主は厄介なやつだぞ。アンボニシエ・オカフォルという男だ。あそこに行く気か？」

「考えているところです」

「上空を飛ぶことはできる。そいつが所有しているのは島であって領空じゃないからな。十五分もあれば行けるぞ」

ミッチェルは針路を修正し、二、三分もすると左側の窓から島が見えてきた。

「スクティ島はマフィア群島の一部で、誰に質問するかにもよるが、ザンジバルとともに、いわゆる〈香料の島〉を構成している。大小ふたつのスクティ島があってな。大きいほうが西、小さいほうが東だ。ふたつの間に小さな水路があるのが見えるか？　幅は一五メートルから二〇メートルくらいだから、公式にはひとつの島と見なされている。面積は島全体で一三平方キロ。もうひとつ、島が見えるだろう？　六、七キロ南に。あれが北ファンジョヴェ島だ」

「ふたつの間にある長いのは？」と、レミがたずねた。

「あれは島じゃなくて、環礁だ――礁《リーフ》と砂州だな。おれの知るかぎり、名前はついていない。水面に近いから陸地に見えるけど、歩いて渡ることはできるが、ひざまで水に浸かる」

「あのくぼみは？」サムが窓の外に目を凝らしてたずねた。

「ああ。第一次世界大戦前、ドイツの戦艦と巡洋艦はスクティとファンジョヴェをたびたび砲撃訓練に使っていた。地下水面に何カ所かまっすぐ穴を穿っている。ファンジョヴェが洞窟《ケイブ》ダイバーに人気なのは、それがあるからさ。ロープを伝ってクレーターに潜って探検するんだ。毎年三、四人、命を落としている。きみらは

――」

「いや」と、サムが答えた。「ふつうのダイビングだけです」

「用心することだ。オカフォルはスクティの周囲三キロを自分のものと主張しているからな。巡視船を持っていて、武装衛兵が何人かいる。ファンジョヴェにまで近寄らないよう警告しようとするが、あそこまでは法的な権利は及ばない。あいつの家だ……あの山頂」

サムとレミは首を伸ばして目を向けた。アンボニシエ・オカフォルの島の別荘はイタリア様式の四階建てで、胸の高さくらいの石壁に囲まれていた。敷地からゆがんだホイール・スポークのように広がっているのは砕いた貝殻を敷き詰めた通路で、手入れもしっかり行き届いているようだった。

大スクティ島が六十五年前の太平洋にあったら、日本の要塞島と思われたかもしれない。円錐形で、奥のほうが海岸線まで割れている。南の低地はところどころに低木の茂みがあるだけで、それ以外は植物もなく、ぱらぱら出てくる大きな岩を除けば陰になるところがない。海岸から一キロ弱で月面風景は帯状の熱帯雨林に変わり、森は別荘の敷地で終わっている。

「あの別荘が掩蔽壕《えんぺいごう》の集合体だったら、小さな硫黄島だな」と、サムが言った。

「あのジャングルを跳ね返すには、フルタイムの保守管理員が必要になる」

島の道のうち、二本が彼らの注意を引いた。一本は北西の波止場に続いていた。その埠頭にンジワが係留されていた。反対側に、リヴェラと手下たちが鐘を盗んだのとよく似たリンカーの高速モーターボートが二艘あった。ンジワの甲板をいくつか人影が動いていたが、この高度からでは顔を識別できない。

もう一本の注目すべき道は空き地に続いていて、白塗りの石が境界になっていた。空き地の中央にも白い石があり、地面に埋めこまれて巨大なHの字を形作っている。ヘリコプターの離着陸場だ。

レミが言った。「エド、あれは――」

「ああ。やっこさんはユーロコプターEC135を所有している。最高級のヘリだ。やむをえない場合を除いて、オカフォルは移動に車を使わない。社会的地位《ステータス》ってやつだな。飛行機の操縦は？」

「単発機を持っている」と、サムが答えた。「ヘリコプターの講習も受けた。コクピットで十時間。想像していたより加減がむずかしいね」

「いや、まったくそのとおりだ」

「警備員やフェンスがあまり見えないけど」レミが言った。「プライバシーを楽しむ男にしては変ね」

「評判が充分ゆきわたったから、もうそんなに必要ないんだ。侵入者は容赦なく告訴される。噂によると、図に乗った侵入者のなかには行方がわからなくなった者もいるらしい」

「事実かな?」と、サムがたずねた。

「やりかねないな。オカフォルは退役するまでタンザニア軍の将軍だった。情け容赦のない恐ろしいやつだ。もう堪能したか?」

「ええ」と、サムは答えた。


エドがときどきヘッドフォンに言葉を発して、ランドマークを指差したりアフリカの歴史を披露するくらいで、その後のセスナの旅は静かに過ぎていった。七時半すこし前にマフィア島の砂利敷きの飛行場に降り立ち、地上走行《タキシング》でターミナルに向かった。白い水漆喰で塗られた建物だ。暗い青色の飾り枠と煉瓦色のトタン屋根がある。その横のバオバブの木陰に、制服を着た入国管理官が二人すわっていた。

エンジン音が静かになっていくあいだに、エドが外に降りて、サムたちのリュックを貨物区画から出した。名刺を渡して、「旅の無事を祈るよ、ファーゴ夫妻。何か困ったことがあったら電話してくれ」と言い、それから意味ありげな笑みを投げた。

サムが微笑み返した。「ぼくらの知らないことを知っているんですか?」

「いや、しかし、冒険好きは見ればわかるよ。まあ、きみらはたいていの連中より自分の面倒をみられそうだが、アフリカは容赦のない土地だからな。名刺の番号は衛星電話のだ。電源は入れたままにしておくよ」

「ありがとう、エド」

三人で握手を交わすと、エドはきびすを返し、窓に〈ビール〉という赤いネオンサインが見えるかまぼこ形の小屋に向かった。

ふたりはリュックをつかんでターミナルのほうへ向かったが、歩道でバオバブの木陰にいた二人の職員に遮られた。管理官はパスポートをちらっと見て、所持品をつつきまわすと、パスポートにスタンプを押して、たどたどしい英語で「ようこそ、マフィア島へ」と言った。

「タクシーは?」と、片方がたずねた。返事を待たずに男は手を上げて、口笛を吹いた。空港の入口の外にある車回しで、錆だらけの灰色のプジョーがブオンとエンジンをかけた。

サムが言った。「ありがとう、でもいい。足は自分たちで探すよ」

職員は手を上げたまま、いぶかしそうにサムを見た。「なんだって?」

サムはプジョーを指差して、首を横に振った。「ラ、アサンテ」。けっこうです、という意味だ。

職員は肩をすくめ、手を払ってタクシーの運転手を追い返し、「サワ」と言った。いいってよ、という意味だ。職員と相棒は歩いてバオバブに戻っていった。

「いまのはなんだったの?」と、レミがたずねた。

「あいつら、ぐるだ。法外な料金を要求されるだけですめばましなほうで、下手をすると、人目につかない裏道に連れていかれて身ぐるみはがされる」

レミが微笑んだ。「サム・ファーゴ、人を信じる心はどこへ行ってしまったの?」

「いまのところは、ぼくの財布と同じ場所だ——しっかりしまってある」マフィア島はスキューバダイビング狂たちに人気のスポットだが、タンザニアの闇取引の拠点でもある。サムはその点をレミに説明した。

彼女は言った。「あなたは雑学《トリヴィア》の泉だわ。どこでそんな情報に出くわしたの?」

「iPhoneに『CIA世界実情報告』を取りこんだのさ。なかなか便利だぞ。さあ、歩いていこう。そんなに遠くない」

「路上で追いはぎにあわずにすむ保証はあるの？」

サムはシャツのすそを持ち上げて、Ｈ＆Ｋの握りを見せた。

レミは微笑んで頭を振った。「ほどほどにね、ワイアット。『ＯＫ牧場』の再現はごめんよ」


ふたりの地図によると、マフィア島の飛行場は島最大の町キリンドニを南北に二分していて、北のほうが内陸寄り、南は海岸ぞいにあった。セルマの話では、その南の側に波止場があって、彼女がレンタルしたボートがある。

朝の八時にもならないのに、太陽は澄みきった青空に明るく輝き、飛行場を出てものの数分でサムとレミは汗をかきはじめた。彼らの一歩一歩に人の目がそそがれている気がした。その多くは道ぞいにいる好奇心の強い子どもたちのもので、彼らは村に来た見知らぬ白人に手を振って、はにかんだ笑みを浮かべた。

硬く押し固められた未舗装道路に、おんぼろ小屋が立ち並んでいる。建築材料はトタンに煉瓦に段ボールとさまざまだ。二十分くらい歩くと浜辺に着いた。海を見晴らす砂丘にぼろぼろの艇庫と倉庫が並んでいる。木の厚板で造られたドックが十以上、寄せる波に向かって突き出していた。ボートが三十艘から四十艘いる。何十年も前のクルーザーからスキフ（小型モーターボート）やダウ船まで、帆とモーター兼用のボートが入り江に錨を下ろして上下に揺れていた。水際の近くに大人の男と少年がいくつか群れをつくって、網の修理をしたり、船体から汚れをこすり落としたり、魚を洗ったりと、仕事にいそしんでいる。

「アンドレイエールが恋しいわ」と、レミがつぶやいた。

「後部甲板の真ん中に手榴弾で穴を開けられた以上、あれはぼくらで買い取るしかないな」と、サムが応じた。「できたら海底から引き揚げよう。記念品にするんだ」彼は体を回して、砂丘に並んだ建物の列をざっと見渡した。「探すのは、〈レッド・バード〉というバーだ」

「あそこよ」レミが浜辺の五〇メートルほど先にある、わら葺きのロングハウスを指差した。黒く塗ったベニヤ板に明るい赤色のカラスが描かれた一二〇×二四〇センチの看板が正面に掛かっていた。

　ふたりはそっちへ向かった。木の階段に近づくと、四人組の男がにぎやかな会話をやめて彼らを見た。サムが「おはよう。ブジバを探しているんだが」と、声をかけた。

　十秒くらい、口を開く者はいなかった。

「ウナズングムザ・キインゲレザ?」と、レミが言った。英語は話せますか?

返事はない。

そのあと二分くらい、サムとレミは知っている限りのスワヒリ語で会話を始めようとしたが、徒労に終わった。彼らの後ろから、「ブジバ、まぬけのふりはやめろ」と声がかかった。

ふたりが振り向くと、エド・ミッチェルがにこやかな笑みを浮かべて立っていた。両手にタスカーのビールを持っている。

「追ってきたんですか?」と、サムがたずねた。

「まあな。たぶん、いまこの島にいるアメリカ人はこの三人だけだ。すこし結束しても損はないと思ってな。ここのブジバじいさんは知りあいだ」とエドは言い、いちばん上の段にすわっている白髪の男をあごで示した。「この男は英語を話せるんだ。まぬけのふりは駆け引きでな」エドがスワヒリ語で何事か怒鳴ると、残りの三人は立ち上がってバーのなかへぶらりと戻っていった。

「さあ、紳士になれ、ブジバ」と、エドが言った。「このふたりは友だちだ」

老人の顔からむっつりした表情が剝がれ落ちた。満面に笑みが広がる。「ミスター・エドの友だちは、わたしの友だち」

「その呼びかたはやめろと言っただろう」とミッチェルは言い、サムとレミに、「例のテレビ番組（六〇年代米国のコメディ・ホームドラマ「ミスター・エド」）の再放送を見たのさ。人の言葉をしゃべる馬を引き合いに出して笑いをとるんだ」と、説明した。

レミがブジバに「あなたの英語はとても上手だわ」と言った。

「ほんとにきれいですか？ あなたのスワヒリ語より？」

「まちがいない」と、サムが答えた。「われわれの友人から船のことで電話があったと思うんだが」

ブジバはうなずいた。「セルマさん。昨日。船、用意した。四百ドル」

「一日？」

「えっ？」

エドがスワヒリ語で何事か言うと、それにブジバが答えた。それからエドが言った。「四百ドルで売るそうだ。去年、漁師の仕事をやめた。以来、あれを売ろうとしてきた。あのバーでけっこう金は入ってくるし」

サムとレミはさっと目を交わした。エドが「ここで誰からレンタルしても、たぶん二日でそのくらい払わされる」と、付け加えた。

「見せてくれ」と、サムが言った。

四人で浜辺を歩いていくと、全長五、六メートルのアクアブルーのダウ船が見えてきた。V字形をした六つの木挽き台に載っている。そばの砂上に年若い少年二人がすわっていた。一人は船の汚れをこすり落とし、もう一人は絵を描いていた。

ブジバが言った。「見て。調べて」

サムとレミはダウ船の周囲を歩き、腐食や破損のしるしがないか確かめた。サムはスイスアーミー・ナイフで継ぎ目をつつき、レミは木を軽く叩いて腐っていないか音を確かめた。サムは船尾に向かうと、船尾に立てかけた梯子を上がり、後部甲板に乗りこんだ。二分くらいして戻ってきて、「帆がすこし腐っている」と呼びかけた。

「えっ？」と、ブジバが言った。エドが通訳し、ブジバの答えに耳を傾けてから、「五十ドルで新しいのをつけるそうだ」と言った。

レミがサムにたずねた。「船室は？」

「すばらしく快適だ。モーヴェンピックとまではいかないが、もっとひどい部屋はいくらもあった」

「エンジンは？」

「古いが、手入れは行き届いている。六ノットか七ノットは出るな」

レミは船尾に歩み寄り、プロペラとシャフトを調べた。「軸受けを取り替えたほうがいいわね」

エドが通訳して耳を傾け、それから「あと五十ドルくれたら二時間以内にすませるそうだ」

「二十五ドル」と、サムが切り返した。「部品と道具をくれたら自分でやる」

ブジバは下唇を突き出し、あごを突き出して考えた。「五十。二日分の飲料水と食料をつける」

「三日分」と、レミが返した。

ブジバは考えて、それから肩をすくめた。「三日分」

16

インド洋

「よし、エンジンを切れ」サムが大声で言った。

レミがイグニッション・キーを回してオフにすると、ダウ船のエンジンはパタパタいいながら止まっていった。サムが帆を上げ、ふたりでしばらく固唾《かたず》をのんで見守っていると、風をはらんでキャンバスが膨らんだ。船首がわずかに持ち上がり、そのあと前にのめる。サムは横歩きで後部に向かい、レミのそばの後部甲板に飛び降りた。

「さあ、出発だ」

した。
「救難信号を出さずにすみますように」レミがそう言って、彼に水のボトルを手渡した。

すでに午後の中ごろだというのに、まだふたりはマフィア島からわずか八キロの地点にいた。レミの鑑識眼はプロペラシャフトの軸受けの問題に気づいたが、修理にどのくらい時間がかかるかわかったのは、サムが外したあとだった。整備をすませて帆を取り替えている少年たちに、レミが目を光らせ、そのあいだにサムとエドはシーツで作った間に合わせの日除けの陰で修理に取り組んだ。

作業がすむと、ブジバが十人余り少年を引き連れてきて、船を汀《みぎわ》へ運び、エンジンのテストをして入り江を一周試運転した。一時間後、船は水と備品と食料を満載し、サムとレミはブジバとエドに手を振って出発した。

「着くのにどれくらいかかる？」と、レミがたずねた。

サムは立ち上がって、船室にあった海図を取り出し、ひざの上に広げた。手持ちサイズのGPS装置で数字を確かめ、現在地の座標を記す。「あと六三キロ。いまの速度が五ノットくらいだから……日が沈んだあとも走ったら、夜の十二時過ぎには着くな。今夜係船できる場所を見つけて未明に出発した場合は、夜明けごろだ。ファンジョヴェの南三〇キロくらいに名前のない島がある」

「そっちに一票。レーダーなしじゃ、自分からトラブルに飛びこむようなものだもの」

「まったくだ。どっちにしても、太陽が昇るまでスクティ島はかけらも見えないだろうし」

さらに五時間、帆を使って北に進んだ。最後の一時間は追い風を受け、水平線の向こうに太陽の上端が沈んだところで島が見つかった。サムが船を小さな入り江に導いて錨を下ろす。安全を確保すると、レミが頭をひっこめて船室に入り、しばらくして、ランタンとキャンプ用コンロと缶詰ふたつを持って出てきた。

「なにをお出ししましょう、船長《エル・カピタン》？　ベイクトビーンズ？　それとも、ベイクトビーンズ&フランクフルト・ソーセージ？」

サムが口をすぼめた。「選択、選択と。沈没しなかったことのお祝いだ、両方いただこう」

「すばらしい選択だわ。それじゃ、デザートには新鮮なマンゴーを」

びっくりするくらい快適なダブルの軍用ベッドに、潮風と、錨を下ろした船のおだやかな揺れが組み合わさって、ふたりともぐっすり安らかな眠りに落ちた。午前四時にサムの腕時計のチャイムが鳴ると、ふたりは起きて活動を開始した。食べ残しのマンゴーと濃いブラックコーヒーの朝食をともにし、錨を上げてふたたび出発した。

夜明け前は無風の状態で、最初の一時間は遅々として進まなかったが、日の出の直前に空気が動きはじめ、やがて六ノットの一定の速度でぐんぐん北上していくと、午前七時には北ファンジョヴェ島が見えてきた。その三十分後にはミッチェルが教えてくれた環礁に並びかけた。帆をたたんでエンジン出力に切り替え、四十分かけていらいらするくらいゆっくり礁《リーフ》を抜けると、やがて小スクティ島の南側に到着した。サムが海岸にそって船を進めていくと、最後にレミがマングローブの密集した小さな入り江を見つけた。これで詮索の目から逃れられますようにと、ふたりは願った。船首からレミが出す手信号にしたがって入り江に入る。エンジンを切って、惰性で進み、岸から斜めに突き出している二本のマングローブの木の間に船首をそっと割りこませた。

最後の一時間はずっとエンジン音のなかだったため、とつぜんの静けさがかえって不安をかきたてた。三十秒くらい立ったままじっと耳を澄ませていると、鳥のガーガーいう声や虫のブンブンいう耳ざわりな音で、周囲のジャングルにゆっくりと活気が戻ってきた。

レミが船首の係留索を木の幹に結びつけ、後部甲板のサムに合流した。「どういう計画？」

「あの鐘はまだンジワにあるという想定でいく。それが最良のシナリオだ。運が良ければ、島に足を踏み入れる必要もないだろう。いずれにしても、日暮れを待たないとな。とりあえず、ちょっと偵察して、すこしピクニックしよう」

「偵察とピクニック」レミがおうむ返しに言って、微笑を浮かべた。「女性にとって、夢のデートだわ」


大スクティ島とちがって小スクティ島のほうは、山の峰がひとつあるのを除けばマングローブの沼地とジャングルに覆われていた。その峰も海抜一五〇メートルほどにすぎない。ただし、サムとレミが何度となく学んできたように、起伏の激しい曲がりくねった山道は、一五〇メートルといえど、下手をすると三、四時間かかる。

午前十時にはもう汗だくで、虫に食われた跡と泥にまみれていた。沼地を抜け出し、密林をかき分けるように進んでいく。サムを先頭に北へ進んでいくと、やがて探していたものに出くわした。小川だ。水があれば動物がいる。動物がいれば獣道がある。島の頂上に向かって北西に伸びている獣道がすぐに見つかった。午後一時前にはジャングルを脱し、急斜面のふもとにたどり着いた。

「ちょっと安心したわ」レミが上を見て言った。

岩の表面はなんとかなりそうだった。斜面の高さは一五メートル、傾斜もせいぜい五〇度くらいだ。ゴツゴツした岩や裂け目がふんだんにあり、手がかりも足がかりも得られる。水を飲んですこし休憩したあと、ふたりは上に向かい、頂上の下の小さな岩のくぼみに落ち着いた。それぞれにリュックから双眼鏡を取り出し、立ち上がって周囲を見まわす。

「あれか」と、サムがつぶやいた。

一・五キロほど先、三〇メートルくらい下にオカフォルの屋敷が見えた。バターイエローのペンキに、真っ白な飾り枠。赤みがかった茶色い土の、真ん丸の空き地に立っている。この距離からだと、空からはわからなかった細かなところも見分けられた。サムの予想どおり、緑色の作業服を着た男が三人、敷地の東側で作業をしていた。二人は敷地に侵入してくる木々の枝葉をマチェーテで叩き切り、もう一人は細長い区画で芝を刈っていた。建物それ自体も巨大で、優に一五〇〇平方メートルはありそうだ。各階に広角のバルコニーがついている。敷地の奥に電波アンテナ塔兼衛星テレビ塔とおぼしきものがあった。

「見える、あれ？」と、レミがたずねた。

「なにが？」

「屋根の上よ、東の隅の」

レミが指差すほうにサムが双眼鏡を向けると、〈ビッグ・アイズ〉と呼ばれる海軍の双眼鏡が三脚に取り付けられていた。

「うーん」サムがうなった。「悪い知らせだ。南西から来るものがあれば、一五キロ先でも見えるな。家に取り付けられた同軸ケーブルが見えるか？」

「見える」

「リモコンとモニター用だな。たぶん、家のなかに制御室があるんだ。いい知らせもある。暗視能力はなさそうだ」

ふたりはまた双眼鏡をぐるりと回した。斜面を下へたどり、ヘリコプターの離着陸場まで。白い石でできた境界線の端に、カーキ色の作業服を着た男が一人、ローンチェアにすわっていた。左の太股に立てかけられているのはＡＫ-74アサルトライフルだ。

「寝てるわ」と、レミが言った。

「それと、ヘリコプターはいないから、ボスはお出かけ中だ」サムはふたたび双眼鏡をぐるっと回し、しばらくして、「ンジワに動きがある」と言った。

「見えるわ」と、レミ。「おなじみの顔がひとつ」

ひょろ長いロープのような体形とくぼんだ顔は見まちがえようもない。イットリ・リヴェラだ。ラグジュアリー・ヨットの上部甲板に立って衛星電話を耳に当てている。彼は一分くらい耳を傾けたあと、うなずいて腕時計を確かめ、何事か言って通話を切った。後部に向かい、両手をカップの形に丸めて何事か叫ぶ。十秒後、ノチトリとヤオトルがゆっくり走ってきて、左舷の露天甲板《ウェザーデッキ》にあるアーチをくぐり、リヴェラの前で足を止めた。リヴェラからしばらく話を聞いたあと、二人はまた急いで離れていった。

「リヴェラが上からの命令を伝えていた感じだな。鐘のことじゃなければいいが」

「わたしたちの鐘よ」と、レミが笑顔で訂正した。

「きみの考えかたが好きだよ。見張りの数をかぞえよう」

その作業だけに次の十五分を費やした結果は、四人だった。一人はヘリコプターの離着陸場、一人がドックに続く道路、二人が屋敷の周囲を巡回している。見落としていなければの話だが、島への接近経路を見張っている人間はいないようだった。

「リヴェラと二人の手下のことを忘れちゃいけない」と、サムが言った。「たぶんやつらは船を離れない。その場合は、排除する方法を見つけなくちゃならないな」

「簡単な話じゃないわ。あれだけ骨を折って手に入れた鐘だもの、そばで寝ているんじゃないかしら」


午後の残りの時間で島の詳しい地図を描き、果物と木の実とボトルの水を持ってピクニックもどきに出かけた。五時過ぎ、東のほうから何かを叩き切るようなかすかな音が聞こえてきた。双眼鏡を向けると、その音はすぐにヘリコプターの形をとった。色つきの窓に、漆黒の機体。アンボニシエ・オカフォルのユーロコプターEC135は島の上空に押し寄せ、機上の男が自分の王国を見渡しているかのようにゆっくりいちど旋回したあと、離着陸場の上空に停止してから着陸した。当直の見張りはすでに背すじをぴんと伸ばしてAK-74を左手で捧げ持ち、気をつけの姿勢をとっていた。ローターがゆっくり回転を止めていくあいだに、側面の扉が開き、ぱりっとした白いスーツを着てミラーコーティングのサングラスをかけた長身痩軀のアフリカ人が足を踏み出した。

「楽しい時間はおしまい」サムが言った。「パパのお帰りだ」

「わたしたちの主人《ホスト》はイディ・アミン（ウガンダの元大統領）のファッション学校に通っていたのね」と、レミが言った。「きっと彼のクロゼットには、あの服のクローンがぎっしり詰まっているわ」

サムが双眼鏡をのぞいたまま微笑んだ。「しかし、危険を承知であえて、あなたのセンスは古いなんて進言するやつはいないだろうな」

オカフォルは離着陸場をすたすた横切り、見張りにさっと敬礼を送った。通路にたどり着いた彼の前に電動式のゴルフカートが止まった。彼が乗りこむと、カートは丘を登って屋敷へ向かった。

サムが言った。「オカフォルが帰ってきたことで何か動きがないか確かめよう」

十分ほどすると、カートがまた丘を下りて戻ってきた。方向転換してドックに続く道路に乗り、最後にンジワのそばで止まった。リヴェラがタラップを下りて助手席に乗りこむと、カートはまた上へ戻っていき、リヴェラは屋敷に消えた。二十分後に出てきて、またゴルフカートでンジワに戻っていった。サムとレミはラグジュアリー・ヨットから目を離さなかった。五分が経過し、十分、そして二十分が経過した。甲板上にはなんの動きもない。リヴェラがオカフォルに会ってきても、なんの反応も起こらなかった。

「拍子抜けだったわね」レミがそう言って、サムを横目で見た。「あなたの頭のなかで歯車が回っているのが見えるわ。攻撃計画はできた？」

この何年か、サムとレミはたがいの性格を補いあって、危なそうな冒険の計画を練ってきた。サムが計画を作り、レミがあえて反対の立場から鋼鉄の罠のような頭脳で計画を検討しつくした末に、これならいけるとふたりで判断し、それによって失敗の可能性を最小限に抑えてきたのだ。これまではうまく機能してきたが、水があごまで迫ったことも何度かある。

「だいたいは」と、サムが言った。双眼鏡を下ろして腕時計を見る。「よし、下へ戻ろう。あと四時間で日が暮れる」

ハイキングの帰りは行きよりも楽だった。ひとつは引力と戦わなくてよかったから。もうひとつはすでに道を切り開いてきたからだ。海面の高さに戻ると、マングローブの沼地を回りこんで南に向かい、浜辺でもういちど北に方向転換し、最後の四〇〇メートルは泳いだ。入り江に近づいたところでレミが泳ぐのをやめ、「しーっ、耳を澄ませて」と言った。

すこしするとサムにも聞こえた。右のほうからゴロゴロと、船舶用エンジンのかすかな音が。彼らが頭をめぐらすと、リンカーのスピードボートが一〇〇メートルくらい離れた岬の角を回りこんできた。操縦席に男が一人いる。その後ろにもう一人いて、双眼鏡で海岸線を見渡していた。「深呼吸！」と、サムが指示をした。

ふたりで肺いっぱい空気を吸い、体を折って水中に潜った。水深二メートルくらいで水平姿勢をとり、入り江に向かって水をかきはじめる。サムは平泳ぎでレミより二、三秒先に岸にたどり着いた。指を曲げて、泥から突き出ている根っこをつかみ、体を回すと、レミの手をつかんで引っぱりこんだ。頭上のしおれた木の茂みがもつれて浮いているところを、サムが指差した。いっしょに浮き上がっていく。水面を突き破って、ふたりで周囲を見まわした。

「聞こえるか、エンジン音は？」サムがレミの耳にささやいた。

「聞こえない……待って、あそこ」

レミがあごで示した方向にサムが目を向けた。小枝のすきまからのぞくと、リンカーはまだ一五メートルくらい離れたところにいた。エンジンがいちど咳きこむような音を出し、プップツいって、そのあと消えた。操縦者がもういちど試したが、結果は同じだった。ハンドルにこぶしを叩きつける。相棒が船尾に足を踏み出し、ひざを突いて、エンジンルームのハッチを持ち上げた。

「エンジン・トラブルだ」と、サムがささやいた。「すぐにまた動くだろう」

それとも、曳航を求める必要が出てくるだろうか。その場合、サムとレミはしばらく身動きがとれなくなる。

「指を重ねて幸運を祈りましょう」と、レミが答えた。

リンカーで第二の男が向き直って何事か言うと、操縦者がもういちどエンジンを試した。咳きこむような音がしただけで、かからない。

「点火プラグだな」と、サムがつぶやいた。レミの頭がゆっくり後ろに傾いて顔が上を向くところを、サムが目の端でとらえた。ゆっくり首を回して、彼女の視線の先を追う。彼の目はビーズのような茶色い一対の目をとらえた。一五センチと離れていないところでその目がいちど瞬き、そのあとわずかに細められた。次の瞬間、サムは理解した。

「猿だ」と、彼はレミにささやいた。

「ええ、サム、こっちに気がついてるわ」

「マオキザルか?」

「オナガザルだと思う。子どもよ」

リンカーの方向から、エンジンがふたたび始動する音が聞こえた。こんどはちゃんとかかって、プップツいったあと、安定したアイドリングに落ち着いた。上のオナガザルがその騒音を聞いてパッと顔を上げ、ちっちゃな手で木の枝をぎゅっと握りしめた。それからまたサムとレミを見下ろした。

レミが優しい声でささやきかけた。「だいじょうぶよ、おちびちゃ――」

オナガザルが口を開いて、かん高い声を発し、枝を激しく揺すりはじめた。ふたりの上に木の葉が雨あられと降ってきた。

サムは頭を下げて、枝のすきまから向こうをのぞいた。リンカーの二人が両方立ち上がり、肩から吊り下げたライフルの銃口をサムたちのほうに向けていた。いきなりパーンと音がした。銃口のひとつがパッとひらめく。弾はうなりをあげて、頭上の木の葉のあいだを突き抜けた。オナガザルはいっそうかん高い叫び声を発し、枝を大きく振り動かした。サムは水中を探ってレミの手を見つけ、ぎゅっと握った。

彼女がささやいた。「わたしたちに気が――」

「いや、ちがう。昼飯の食材を探してるんだ」

パーン！　またかん高い声がして、木が揺すぶられた。

静寂。

オナガザルの手足がパタパタ離れていく音を、サムの耳はとらえた。

「あいつら、こっちを向いている」サムがささやいた。「深呼吸の準備をしろ」

茂みから見ていると、リンカーの船首が回って、まっすぐふたりのほうを向いた。ボートはすべるように前進を始め、すこしずつ距離を詰めてきた。第二の男がこんどは操縦者のかたわらに立って、風防のフレームにライフルを固定した。

「待て」サムがかすれた声で言った。「まだだ……」リンカーとの距離が五メートルくらいになったところで、サムが言った。「大きく息を吸って……潜水」

ふたりで水中に身を沈め、それぞれに手がかりを探して体を引き寄せ、まずは岸の下に戻った。足が泥に沈むと、また首を伸ばした。リンカーの船首が重なりあった茂みに押し入ってくる。くぐもった声がいくつかして、ピシピシッと枝の折れる音がした。木の葉がひらひら舞い、水面に点々と散らばっていく。

最後に、一分近くして、リンカーのプロペラが逆回転で激しく水をかき回しはじめた。バックしていく。船首がぐるっと回って離れていくのを待って、サムとレミはふたたび水面に浮上した。息を継ぎながら見ていると、ボートはカーブを回って姿を消した。

「あの子、無事だったわよね?」と、レミがたずねた。

サムが向き直って彼女に微笑みかけた。「それでこそ、ぼくの妻だ。最後まで動物を愛する心を忘れない。だいじょうぶだよ、ちゃんと逃げた。さあ、ここからおさらばしよう」

17

スクティ島

「そこよ！」レミが船首から大声で言った。「エンジン停止！　ゆっくりバック」

マストに視界をさえぎられたサムは、指示にしたがってスロットルをニュートラルにし、船を惰性ですこし進ませてから、そっとバックし、それから海岸線のこぶを回りこんだ。

「うまいわ」レミが大声で言った。「向こうは一・五キロくらい前方よ。あと十分で北に方向転換するわ」

四十分前、入り江の浜にいちど船を乗り上げたあと、すぐに出発した。リンカーがスクティ島の南岸を進んでオカフォルのドックへ戻っていくことを願っていた。サムとレミは島の北側を回りこんで接近する方法を計画していたからだ。小スクティ島と大スクティ島を隔てている比較的安全な水路、いわゆる瀬戸まで、なんとかたどり着きたい——もちろん、そこがリンカーのルートに入っていなければの話だ。ドックにいちばん早く着くのは南の海岸ぞいをまっすぐ進むルートだが、これだと警戒している目や耳にむきだしの姿をさらす。瀬戸を北へたどってそっと島の西側へ回りこめば、断崖の上に立たないかぎり誰からも見えないはずだ。

ふたりは無言で腰をおろし、水平線に向かってゆっくり弧を描いていく太陽を見つめていたが、最後にレミが腕時計で時刻を確かめ、「ゆっくり前進」と告げた。

サムはエンジンをかけてスロットルを押し、隠れていた茂みからすこしずつ前に進んでいった。船首のレミが腹這いになって、双眼鏡で海岸を見渡していく。

「いないわ」と、彼女は告げた。「障害物なし」

サムがスロットルを前に押しこむと、船は勢いよく前進した。十分経過。レミが大声で言った。「出てきた！」

サムが手すりから横に身をのりだすと、二〇〇メートルくらい離れたところに瀬戸の入口が見えた。両岸に密林がはびこり、水上に木々が弧を描いている。真ん中に幅三メートルくらいの空が見える以外は、見通すことのできない天蓋と化していた。

サムはハンドルをゆっくり右へ回した。船首が回る。

レミは後部に向かい、帆桁《ブーム》の下に頭をひっこめて、甲板のサムの横に下りた。

「ジャングルクルーズね」

「なんだって?」

「この瀬戸よ。ディズニーワールドのジャングルクルーズ、覚えてる? あれを思い出すわ」

サムがくっくっと笑った。「子どものころ好きだったよ、あれに乗るのが」

「サム、いまでもでしょ」

「ばれたか」

何分かで瀬戸の入口まで一〇〇メートルを切った。足に震動を感じ、ダウ船がぐんと前に飛び出す。五秒後には速度が五ノットまで上がっていた。

「名案だったみたい」と、レミが言った。

すでにザンジバル沖の潮流の力を体験していたサムには、前もって心の準備ができていた。船は海岸ぞいにいて、潮流は南から押し寄せているから、瀬戸の入口は真空ポンプ状態だ。南から水を吸いこんで北へ吐き出している。

　サムはエンジンを切ってガソリンを節約し、ハンドルを握る手に力を込めた。

「いい知らせは、たぶん座礁の心配はないことだ。この水の流れを受けて、瀬戸にはかなり深い溝が掘られている」

　船が横に揺れ、船尾が横にすべった。サムはまず右へ、そのあと左へ修正し、船首を瀬戸の入口に対してまっすぐに立てなおした。レミは笑顔で鳶色《とびいろ》の髪を後ろになびかせ、手すりに両手でつかまって身をのりだした。

「スピード、どれくらい出ているの？」と、彼女は叫んだ。

「一〇ノットか、一二ノットってとこか」とサムが答え、笑い声をあげた。水面に近いため、もっとずっと速く感じられる。「前に出てくれないか。きみの目が必要になる」

「了解《アイ》、船長」と言って、レミは船首に向かった。「あと五〇メートル」彼女は叫んだ。「そのまま前進」

　右側のむきだしの砂州に、高さ一メートルを超える波が砕けていた。「うねりが来るぞ！」サムはレミに注意をうながし、それに合わせてハンドルをすこし回した。波が舳先《へさき》の右側にぶつかり、船を横へ押しやる。船首が回って針路をそれはじめる。

サムが強引にハンドルを右へ回してバランスをとると、うねりが通り過ぎ、船首がまっすぐに戻った。

「いい感じよ。そのまま前進！」レミが叫んだ。「二〇メートル」

サムは右舷の手すりに身をのりだして下を見た。藍色の水の深さは一〇メートルくらいあるが、二メートルくらい右はターコイズ色で、白砂の底が見えた。左舷にも身をのりだしたが、やはり同じものが見えた。

「あまりスペースに余裕がない！」サムは前に叫んだ。「前方はどうだ？」

「もっと狭いわ。すこし抵抗が欲しい？」

「頼む」

レミは腹這いのまま肩を前後に動かして、ダンフォースの錨を架台からはずし、船首から投げ落とした。ラインが両手の間からするする落ちていき、最後に底を跳びはねる感触が伝わってきた。五、六センチ手繰り寄せて、安全手すりに固定する。船の速度が落ちた。ぐっと引き戻されてはまた勢いよく飛び出すの繰り返しだ。

「一〇メートル」と、レミが叫んだ。

そのとき、とつぜん太陽が隠れたみたいに暗くなり、船が瀬戸にふっと吸いこまれた。左右から緑の壁が迫り、上の青空がギザギザのリボンのように見えた。後方に目をやったサムは、瀬戸の入口が宇宙船の虹彩扉《アイリスドア》のように閉じていく心地がして、めまいを覚えた。

「カーブが来る！」と、レミが叫んだ。「右舷四五度」

サムは前に向き直った。「いつでも来い」

「三……二……一……カーブ！」

サムはハンドルを左に四分の一回して、そこで止めた。

「右に切って！」と、レミが叫んだ。

サムはもういちどくるっとハンドルを回した。

「そこで止めて」と、レミが指示をした。何秒か経過した。「いいわ、すこしずつ左に戻して。そのまま……もうすこし……よし。安定したわ」

きっかけの合図を受けたかのように水の勢いがしだいに弱まり、船は歩行速度くらいで水を切りはじめた。瀬戸の幅がわずかに広くなり、左右とも五メートルくらいの余裕ができた。

「錨を上げろ！」サムが叫んだ。「もうよさそうだ」

レミはダンフォースの錨を回収してコクピットに戻った。ジャングルはゆっくり黄昏にさしかかっていて、それを示す音が両岸から聞こえてきた。オウムの物悲しい鳴き声に、蛙の声に、虫のざわめき。

「すごくのどかね」レミが周囲を見まわした。「ちょっと不気味だけど、のどかだわ」

サムがコンパートメントから地図をつかみ、船室の屋根の上に広げた。レミが懐中電灯のスイッチを入れる。サムは人差し指で島の周囲をざっとなぞった。「円周を測ってくれないか」

レミがディバイダを取り出して海岸線を進ませながら、ときおり鉛筆で岬や目じるしを書きこんでいった。その作業がすむと、余白にいくつか計算を走り書きしてから、「大スクティ島は一三、四キロ。小スクティ島は八キロくらいね」と言った。

サムはさっと腕時計を見た。「二十分後にもういっぽうの入口にたどり着く。もしあのリンカーがすぐまた巡視に出ていたら、その二十分くらいあとに瀬戸の北を通過する。現われなかったら、たぶんもう今夜は巡視をしないか、二、三時間に一度しか巡視しないということだ」

「それは大きな〝もし〟ね」と、レミが返した。「後者だったら、海岸線のどこかで出くわすかもしれないということよ。向こうに見つかる前に向こうを見つけなくちゃ」

サムがうなずいた。「頼みがある。海岸線に人目につかない場所やひっこんだ場所がないか、隅から隅まで調べてほしいんだ。すぐさま隠れなくちゃいけないから」

レミは十分かけてその作業を終えた。「選択肢はいろいろあるけど、水深の表示がないのよ。この船の喫水線に見合うくらい深いところとなると、確信が持てるのは六つか七つくらいね」と、彼女は言った。

「そこは臨機応変にやるしかないな」

「じゃあ、基本計画は……」

「立てておきたいところだが」と、サムが返した。「不確定要素が多すぎる。いずれやつらは、あの鐘を船からどこかに移す――どこかへ送るか、どこかへ捨てにいくかする。輸送手段の選択肢は三つ。リンカーか、ンジワか、オカフォルのヘリコプターだ。まずンジワから始めよう。どれを選ぶにしろ、それまではンジワの上にあるんだからな。使うのがリンカーかンジワなら、ぼくらは海賊帽をかぶって乗っ取りを決行する」

「ヘリコプターの場合は？」

「同じことだ。着用するのが飛行士のスカーフになるだけで」

「ねえ、サム、あなた、ヘリコプターはそんなに長く訓練を受けてないんでしょ」

「本土までの七、八キロならなんとかなる気がする。六分あれば海峡は横断できる。たぶん、やつらが捜索隊を編成する間もなく。どこか人目につかない空き地を見つけて、着陸して、あとは――」

レミが微笑んで、「臨機応変に？」と言うと、サムは肩をすくめて微笑み返した。

「それがいちばん成功の可能性が高いわね」と、レミが賛同した。「だけど、大惨事につながりかねない大きな〝もし〟は、まだたくさん残っているわ」

「わかって――」

「たとえば、見つかってしまったら？　飛び道具でも人数でもこっちは劣勢よ」

「わかって――」

「それと、もちろん最大の〝もし〟もある。鐘がもうどこかに移されていたら？」

サムは一瞬沈黙した。「そのときは試合終了だ。ここで取り返さないと望みは消える。レミ、ぼくらは民主主義の夫婦だ。満場一致でなければ行かない」

「わたしは乗るわよ、サム、わかってるでしょ。だけど、ひとつ条件があるの」

「言ってみてくれ」

「すこし保険をかけること」

瀬戸の出口が見えてくるころには、日が沈みかけていた。トンネルの先に、およそ楕円形の、金色がかったオレンジ色の光が見えた。出口の三メートル手前でレミが船を右岸に向けて、スロットルを押しやると、船は張り出した木の枝に覆われた。サムが船室の上に立って、太い枝をマストとブームのまわりに寄せると、船は岸のそばに落ち着いた。安全手すりまで這って、木の葉のすきまからのぞいてみる。

「よく見える、申し分ない」と、彼は後ろに叫んだ。

大スクティ島の向こうに日が落ちて、瀬戸を含めた島の西半分を黄昏に投げこんだ。サムが、「もういちど巡視に出ていたら、十五分から二十分でこっちへ来る」と言い添えた。

レミが下へ向かった。船室を動きまわる音がした。彼女はコクピットに戻ってくると、腰をおろし、フランク・シナトラの「サマー・ウィンド」を口ずさんだ。ふたりでイーグルスの「ホテル・カリフォルニア」、ウィルソン・ピケットの「イン・ザ・ミッドナイト・アワー」を最後まで歌い、ビートルズの「ヘイ・ジュード」の半分くらいまで来たとき、サムが手を持ち上げて、静かにと合図をした。

十秒が経過した。

「なに？」と、レミがたずねた。

「なんでもない、と思うが。いや、あそこ……聞こえないか？」

レミがしばらく耳を澄ますと、たしかに聞こえた。船舶用エンジンのかすかなうなりだ。「音の高さから見て、そのようね」と、彼女は言った。

「北西の方向からだ。お客さんのお着きかな」

ふたりの考えたシナリオ――すこし遅れて二度目の巡視が来るか、北岸でリンカーに出くわすか、すぐ巡視に出てきてこっちが瀬戸から出る前に通過していくか――のなかでは、三番目が理想的だ。リンカーのルートと平均速度がわかれば、敵がどの時間にどこにいるか、しっかり把握できる。不測の事態がないかぎり、リンカーよりかなり先にドックに着けるだろう。

サムは腹這いのまま双眼鏡を持ち上げ、四〇〇メートルほど離れた岬に焦点を合わせた。エンジンのうなりが強くなってきて、やがてリンカーの船首が現われた。予想どおり、運転手と監視員のセットだ。これまた予想どおり、海岸線をたどって南東へカーブしてくる。

スポットライトが点灯して光を放った。

「だいじょうぶだ」と、サムは半分自分に、半分レミに言った。「すぐ近くへ来ないかぎり、こっちは見えない」

「確率は?」

「九五パーセント。九〇パーセントかもしれないが」

「サム……」

「だいじょうぶだ。頭をひっこめて、幸運を祈ってくれ」

リンカーはどんどん距離を縮めてきた。もう瀬戸から一〇〇メートルくらいのところにいて、まっすぐ彼らのほうに向かってくる。スポットライトが岸と木々の上をかすめた。

「いつでも来いだ」サムがつぶやいた。「見えやしない……。どんどん進んでいけ……」

リンカーとの距離が五〇メートルに縮まった。

四〇メートル。

三〇メートル。

サムは双眼鏡から片方の手を離してゆっくり後ろへ伸ばし、カーゴ・ショーツの太股のポケットからH&Kをつかんだ。銃を持ち上げ、下の甲板にあてがう。そして安全装置をすばやく解除した。

リンカーは二〇メートルまで迫っていた。

サムはささやいた。「レミ、きみは下にいたほうがいい」

「サム——」

「頼むから、レミ」

彼女が梯子をそっと下りていくあいだ、船はかすかに揺れていた。

サムは双眼鏡を下ろした。ズボンの脚のところで右の手のひらをぬぐい、H&Kをつかんで枝の間から伸ばし、リンカーの操縦席にいる暗い人影に狙いを定めた。頭のなかでシナリオをおさらいする。まず操縦者、次にスポットライト、そのあとは、第二の男が隠れることも撃ち返すこともできないうちに仕留める。それぞれに二発放ってしばらく待ち、生きている兆候があるか確かめる。

リンカーがさらに迫ってきた。

サムは大きく息を吸った。

リンカーのエンジンが突如、回転数を上げた。船首が持ち上がってぐるりと左に旋回し、五秒とたたないうちに視界から消えた。

サムは息を吐き出した。船室の屋根を二度、コツコツ叩く。すこししてレミがささやいた。「警戒解除?」

「解除だ。地図を確かめてくれ。小スクティ島の北端まで、距離は?」

暗闇に紙がカサカサ音をたて、そのあと鉛筆でなにかを書きつける音がした。レミが「二キロ弱ね。二十五分たてばだいじょうぶよ」と言った。


万全を期して、三十分たってから船を押し出し、モーターを使って瀬戸の外へ出た。次の四十分間は、浜から一五メートル以上離れず、じれったいが音は静かな時速五キロ以内を堅守しながら、北の海岸線をそっと進んでいった。

レミは甲板で地図の上に体をかがめ、ペンライトを歯でくわえて、ディバイダを動かしていた。その彼女が顔を上げ、口からペンライトをはずした。「リンカーは小スクティ島の南端にたどり着こうとしているところよ。少なくとも二十分はだいじょうぶ」

彼らは大スクティ島の北端にたどり着くと、そこで止まって、双眼鏡で前方の海岸線を見渡し、それからまた動きだした。

「ドックまでは一・五キロくらい」と、レミが言った。

「どう思う? 半分くらい行ったら止まろうか?」

「いいんじゃない」

ふたりは十二分かけてその距離を進んだ。左側では、月面のような風景が浜辺から斜めに立ち上がり、そのあと熱帯雨林と出合っていた。サムが船を減速し、レミが海岸線を見渡した。

「ここがよさそう」と彼女は言い、急いで船首へ向かった。

サムは左に針路を変えて船首を浜辺に向け、レミが出す短い指示にしたがった。最後にレミが「停止」と叫んだ。

サムはスロットルを絞って減速すると、甲板からふたりのリュックを回収して、安全手すりの前でレミに合流した。彼女が舷側を越えると、サムは彼女の手首をつかんで残りを降りるのを手伝った。水は腰の高さくらいだ。彼はふたり分のリュックを手渡した。

「こっちに来て」と、レミが言った。

「え？」

「こっちに来てって言ったの」

彼が微笑んで舷側から身をのりだすと、レミは首を伸ばして彼の頬にキスすることに成功した。「危険なことはしないこと。溺死は厳禁よ」

「頭に入れておく。また二、三分後に」

計画の次の部分は、終わってみればあっけなかった。サムはエンジンを逆回転させて船首を回し、岸から二〇〇メートルくらい離れたのちに、エンジンを切って錨を下ろした。水は喫水線の一五メートルくらい下までありそうだ。下に行って、五つある船底の穴のバルブを全部開いた。水がふくらはぎまで来たところで甲板に上がり、舷側から水中に飛びこんで泳ぎだす。五分後には浅瀬に立ち、水中を歩いて陸に上がり、レミの待つ場所へ戻った。

船が水中に没して見えなくなるところを、ふたりで見守る。

サムが敬礼を送り、「準備はいいか?」とたずねた。

レミがうなずいた。「お先にどうぞ」

18

大スクティ島

サムが先に立ち、黙って十五分くらい歩いていった。歩きづらい濡れた砂から離れずに進んでいくと、こぶのように突き出して浜辺を二分している高さ五メートルくらいの岩に出くわした。サムはすべりやすい岩をすこしよじ登り、こぶの向こうに平らな場所を見つけて、急いであたりを見渡した。しばらくして振り向き、レミに合流の合図を送る。

ふたりで岩の上に頭を突き出した。浜の三〇〇メートルくらい先に、海に突き出しているドックが見えた。片側にまだンジワが係留されている。船室の薄いカーテン越しに黄色い明かりが見えた。ンジワの反対側にはリンカー二艘も係留されていた。操縦者の気配も、もうひとりの気配もない。

「ちょっと手抜きをして、切り上げてきたにちがいないわ」と、レミが言った。

「たぶん、南側は猛スピードで飛ばすんだ。屋根の上に〈ビッグ・アイズ〉があるから、誰もあっちからは忍び寄ろうとしない」

「少なくともこっちには、全員の居場所がわかってる」と、レミが言い添えた。

「なんの動きも見えないわ。あなたは？」

「見えない。選択肢はふたつ。陸か海かだ」

「斜面はゆるんだ石が多すぎるし、隠れる場所もない」と、レミが言った。

「同感。つまり、海だ」

「ンジワに乗りこむ方法は？」

サムが双眼鏡の倍率を上げていくと、ヨットに上がる昇降用階段が見えた。高さは一五〇センチもないが、上がった先は船室のすぐ前だ。

「階段はだめか」と、サムが言った。すこし考えこむ。「たしか、うちの船の船室に海錨《シーアンカー》が――」

レミが自分の肩に手を伸ばし、ぽんとリュックをたたいた。「ここにあるわ。即席の引っかけ鉤？」

「心が読めるんだな。船尾の手すりに引っかけて登ろう」

砂の上に降りると、寄せる波に向かって水中を歩き、浜辺と垂直に、エネルギー効率のいい平泳ぎで静かに進みはじめた。五〇メートルほど進んだところで浜と平行に南へ方向転換し、最後にドックの横へたどり着いた。泳ぐのをやめ、立ち泳ぎでひと息入れる。

「動きは？」と、サムがたずねた。

「見えない」

「リンカーに行くぞ」

ふたたび泳ぎだした。体の前で水をかき、ドック・エリアに動きがないか見渡していく。やがてリンカーの船尾にたどり着いた。しばらく息をととのえ、耳と目で様子をうかがう。ンジワの船室からくぐもった声が聞こえ、そのあと何かを叩きつけるような音がした。静かになった。また、叩きつけるような音がした。

「ハンマーだ」サムがささやいた。「エンジンを触ってみろ」

レミが手の甲でリンカーの船外機に触れた。「冷たいわ。なぜ？」

「これからガソリンを足すんだろうな。ここで待っててくれ。保険をかけてくる」

サムは息を吸って水中に潜り、リンカーの横を伝ってドックの入口にいるもう一艘まで泳いでいった。船べりをつかんで、懸垂で体を持ち上げ、周囲を見まわす。なんの動きもない。体を引き上げ、舷側を越えて甲板に上がり、前方の操縦席に忍び寄った。イグニッションを調べる。当然ながらキーはついていなかった。仰向けに寝てダッシュボードの下の保守用ハッチを開け、体をくねらせて中に入った。ペンライトをつけて、配線の束を調べる。

「あのときとそっくりだ」と、サムはつぶやいた。五カ月前、彼はバイエルン・アルプスの湖で別のスピードボートに同じことをしていた。さいわい、あのときのボートと同じように、このリンカーの配線も単純だった。イグニッション、ワイパー、航海灯、警笛。スイスアーミー・ナイフでそれぞれの配線を切断した。ぎゅっと丸めて横へ投げ捨て、外へ戻ってハッチを閉める。船べりに這い戻って、急いで確認し、水中に戻ってレミのもとへ戻った。

「よし、全部思いどおりにいけば、これが逃走用のボートになる。鐘を取り返して、できたらンジワを使えなくして、鐘をここに持ち帰って――」

「持ち帰るって、どうやって？」

「そこはなんとかする。ヘルニアのことはあとで心配しよう。鐘をここへ持ち帰って、なにがあったか気づかれないうちにおさらばだ」

「全部思いどおりにいかなかったら？　ああ、気にしないで。もうわかってるわ。臨機応変に、でしょ」

　水をかいてドックを回りこみ、ンジワの船尾に着いた。間近で見るといっそう大きい。船尾の手すりは喫水線の三メートル上にあった。レミがダウ船のシーアンカーをリュックから取り出す。サムが点検した。

「短すぎる」とレミの耳にささやき、そのあとついてこいと身ぶりで伝えた。水をかいてリンカーの船尾に戻る。「B計画に切り替えよう」サムが言った。「梯子を試してみる」レミが口を開いて何か言いかけたが、彼は譲らなかった。「これしかない。ドックから飛びこむと、音が大きすぎる。リンカーに入って、出発の準備をしててくれ」

「いやよ」

「ぼくが捕まったら、逃げろ」

「言ったでしょ――」

「逃げて、文明社会に戻って、ループに連絡するんだ。どんな手を打てばいいか、彼ならわかる。きみの姿が見当たらなければ、当局に連絡がいったものとリヴェラは想定する。ぼくを殺しはしない——すぐには。そんなにばかじゃないよ。人殺しは苦労に見合わないものさ」

レミは顔をしかめ、気が萎えてしまいそうな目でサムを見つめた。「いまのはC計画と呼びましょう。B計画じゃ、あなたは捕まらないことになっているから。わたしたち、あごまで水に浸かってるわよ、サム」

「わかってる。目を皿にして、しっかり見張っててくれ。危険がなくなったら合図する。こぶしを持ち上げるから、そのときはその場にいてくれ」

彼はシャツと靴を脱いで、両方リュックに入れ、それをレミに手渡した。

「どういうこと？」と、彼女がたずねた。

「服は水が滴るし、靴はキューキュー鳴る」

「サム、特殊部隊の授業も受けてたの？」

「ミリタリー・チャンネルを見ていただけだ」

サムは彼女にキスすると、水中に潜り、リンカーの下で水をかいて、ドックの下に再浮上した。もう一呼吸してまた潜り、ンジワの白い船体のそばに来た。昇降用階段の下で動きを止める。船室からくぐもった話し声が聞こえた。男が二人か三人だ。懸命に言葉を聞き取るか、声を聞き分けようとしたが、わからなかった。甲板に上がって体を伏せ、耳を澄ませて機をうかがう。それから体を起こして、梯子のところまで這い進んだ。梯子の最上段の手前まで登って、そこで止まり、頭を突き出したが、なにも見えず、這うかたちで甲板に上がった。立ち上がって隔壁《バルクヘッド》に体を押しつける。

船室の引き戸が開いた。長方形の黄色い光が甲板に斜めに差す。心臓が喉から飛び出しそうになり、隔壁にそってすばやく横に逃れた。角を回って船首楼に行き、ぴたっと動きを止めて二、三度息を吸った。

甲板にひとかたまりの足音が聞こえた。引き戸が閉まり、カンカンと昇降用階段を下りる足音が続く。前に踏み出して後部に目を凝らしたが、なにも見えなかったので、もう一歩踏み出し、手すりの向こうをのぞいた。ドックを歩いてくる人影がひとつ。ドックの端の小さな空き地に緑色のガソリン車があった。クッシュマンの平台式カートだ。その真後ろに白いゴルフカートがあった。その先から曲がりくねった小さな道がヘリコプターの離着陸場と屋敷に向かっていた。

人影がクッシュマンにかがみこみ、熊手と一対のショベルを取り外して、道の横にある低木の茂みにぽいと投げ捨てた。

「荷物を入れる空間を作っているんだ」と、サムはつぶやいた。

リンカーのほうを振り向き、二、三秒こぶしを持ち上げて〝そのまま〟の合図を送ると、頭を引っこめて、そっと隔壁へ戻った。

木のドックを踏みしめる音がして、梯子を上へ戻り、船室の引き戸が開いて閉じる。三分経過。戸がまた開いた。またどやどやと音がした。複数の足音だ。何かブツブツ言っている。重いものが甲板をすべる音……角からのぞくと、船室の戸から漏れる光のなかに三人の男が見えた。リヴェラとノチトリとヤオトルだ。彼らの間に、サムがザンジバルで作ったのと同じくらいの木箱があった。

いちばん体の大きなヤオトルが木箱の前の階段を下に戻り、リヴェラとノチトリが箱を前に押す。サムは陰に体を引き戻し、彼らが階段からドックへ木箱を下ろすあいだ耳をそばだてていた。横歩きで手すりに移動し、上からのぞきこむ。

ノチトリとヤオトルが木箱のロープにつけた取っ手をひとつずつ握ってドックを進んでいった。その二、三歩あとにリヴェラが続く。三人が空き地にたどり着いた。木箱を持ち上げ、クッシュマンの平台に置く。

リヴェラがスペイン語で話しはじめた。サムには断片しか聞き取れない。「……運べ……ヘリコプター……すぐに」

クッシュマンのエンジンが始動した。タイヤが貝殻敷きの小道にザクッと音をたてる。何秒かすると、エンジン音はしだいに小さくなって消えていった。サムは危険を承知で手すりの向こうをのぞいた。リヴェラがドックを大股で昇降用階段に向かっていた。サムは後ずさりして隔壁の陰に隠れた。リヴェラが階段を登って船室に入っていく。

サムは選択肢を考えた。リヴェラは鍛えられた殺し屋だ。できれば戦わずにすませたいが、あいつがヘリコプターにたどり着いたら、ヘリはたちまち鐘をのせて飛び立ってしまう。ほかの見張りの注意を引いてしまうから、H＆Kは論外だ。正攻法しかない。

サムは大きく息を吸うと、隔壁から船室の引き戸に向かった。頭のなかで行動をおさらいしたあと、手を伸ばしてドアハンドルに親指を押し当て、ぐいっと押した。シュッと音をたててドアが横に開く。

なかからリヴェラの声がたずねた。「ノチトリか？　ヤオトルか？」

サムは半歩下がって、固めた右のこぶしを引いた。

人影が船室の光をさえぎる。

わき柱からリヴェラの鼻が現われ、あごと目が続いた。リヴェラが外へ足を踏み出すと同時に、サムはこめかみを狙ってまっすぐパンチを放った。そこでリヴェラの反射神経が作動した。とっさに首をひねる。それでも、どうにかこぶしはこめかみをとらえた。リヴェラの体が大きく横へバランスをくずした。相手の手が武器をつかんでいないか確かめながら、サムもすばやく攻撃態勢を立てなおす。リヴェラの手が背中の武器に向かっていた。

ここで、長年積み重ねてきた柔道の稽古が威力を発揮した。リヴェラの体勢から直観的に弱点を見抜いたのだ。まだ頭がくらくらしているのか、リヴェラは壁で体を支えていた。左足に全体重がかかっている。サムはリヴェラに武器を握るいとまを与えず、踏みこんで出足払いを繰り出した。左足首のすぐ下を足がとらえる。リヴェラは壁を背に横倒しになったが、その手は銃をつかんでいた。サムが間髪をいれず、その手首をつかんで勢いよく壁に叩きつける。銃は手からこぼれ落ち、絨毯敷きの甲板をはずんでいった。

サムは手首をつかんだまま、すっと重心を沈めた。腰の回転でリヴェラを宙に舞わせ、床に叩きつける。手首を放して、背後に回りこんだ。腕を蛇のように首にからませ、裸締めに移行。リヴェラが即座に反応して後ろへひじ打ちを繰り出し、サムの目をとらえた。目に火花が散って、視界がぼやけた。顔をそむけたが、ふたたびひじが後頭部に叩きこまれた。息を吸ってこらえ、前腕をリヴェラの喉にさらに深く巻きつけた。ここでリヴェラがミスを犯した。うろたえたのだ。ひじを打ちこむのをやめ、巻きついた前腕をかきむしりはじめた。サムはさらに締めつけ、左の上腕を右手でつかんでしっかり固定すると、頭でリヴェラのあごを胸に押しやり、頸動脈を圧迫した。次の瞬間、リヴェラの振りまわしていた腕の力が弱まった。その一秒後には体から力が抜けていた。サムはさらに三拍分この姿勢を続け、そのあと腕を解いてリヴェラを横へ押しのけた。ひざを突いて、脈と呼吸を確かめる。死んではいないが、完全に失神していた。

十秒かけて呼吸をととのえ、立ち上がった。頬骨に手を触れてみる。指が血に濡れていた。おぼつかない足どりでドアから外に出て、周囲を見まわし、危険がないのを確かめてから、手を開いて持ち上げた。それから船室に隠れた。

一分ほどして、レミがやってきた。リヴェラの動かない体をちらっと見て、サムを見て、それからふたりのリュックを下ろした。サムに歩み寄り、抱きしめあう。レミが体を離した。人差し指で彼の顔を横に向けて、眉をひそめた。

「見た目ほどひどくない」と、サムが言った。

「どうなってるかなんて、見えないでしょ。縫わなくちゃ」

「華麗なる日々はここまでか」

レミがリヴェラをあごで示した。「彼は……」

「眠ってるだけだ。目を覚ましたら怒り狂うな」

「だったら、ここを離れなくちゃ。ヘリコプターを乗っ取るんだった？」

「せっかく鐘を乗っけてくれたんだ。努力を無駄にしちゃ悪いだろ。リンカーだが……もう片方の……」

「配線を引き抜いて船外に捨ててきた。どうする？　あの男、ふんじばる？」

「時間がない。それより、早く不意打ちをかけよう。縛っても、誰かが探しにきたらほどかれてしまうんだし」サムは周囲を見まわした。前に進み出てドアを開けると、梯子が上に続いていた。「あれを使え。上がって、通信に損害を与えてこい」

レミが言った。「船と陸を結ぶ電話と無線ね？」

サムがうなずいた。「下へ行って、バズーカ砲が転がっていないか見てくる」

「なんですって？」

「ヘリコプターの離着陸場にはお客さんがいるだろうし、ぼくらを見て喜ぶとは思えない。でかくて騒々しくておっかないものがあれば、やつらの考えが変わるかもしれない」

サムはひざを突いて、リヴェラの銃——これまたH&Kのセミオートマティックだ——を拾い上げ、レミに手渡した。彼女はしばらくそれを調べて弾倉を排出し、弾薬を確かめてから弾倉を元に戻し、安全装置をかけてベルトに押しこんだ。

サムが彼女をまじまじと見た。

「ホーム・アンド・ガーデン・テレビでね」と、レミは言った。

「安心したよ。二分後、またここで合流しよう」

レミは梯子を上がり、サムは船室へ行った。六つある睡眠区画をくまなく探したが、武器はひとつしか見つからなかった。357マグナム・リボルバーだ。梯子を登って戻る。レミが待っていた。

「どうだった?」と、サムがたずねた。

「どっちのハンドセットも受け口からもぎ取って、船外に放り投げてやったわ」

「いいぞ。よし。みんなが離着陸場でリヴェラを待っている。運がよければ、ヤオトルとノチトリと見張りと操縦士だけだ。多くて四人。車で上がって、手遅れになるまでやつらが疑わないことを願おう」

「大勢、わたしたちを待っていたら?」

「撤退だ」

19

大スクティ島

「よし、じっとしていろ」

サムはカートを止めてサイドブレーキを引いた。前方に小道の頂上が見える。上り坂の向こうが見えてくるまで歩いて進んだ。三〇メートルくらい先に空き地があり、そこで道路が二股に分かれて屋敷に続いている。空き地の右側、柱のナトリウム灯が輝く下に、ヘリコプターの離着陸場があった。

サムは歩いてカートに戻った。レミが「何人?」とたずねた。

「見えたのは三人。見張りとノチトリとヤオトルで、三人とも離着陸場の端に立っている。全員ＡＫ‐74で武装しているが、肩から吊り下げた状態だ。操縦士のいる気配はない。屋敷のなかか、ヘリコプターのなかで待っているかだ」

「気を悪くしないでほしいんだけど、サム、わたしは後者のほうがうれしいな。説得したら、わたしたちを運んでくれるかも――」

「気を悪くしたりはしないさ」

「鐘は？」

「クッシュマンにはなかった。重いものを持ち上げる仕事をしたらしい。ぼくが最初の三人を引き受ける。きみはまっすぐヘリコプターに向かえ。準備はいいか？」

「万端よ」レミはゴルフカートの床にしゃがみこみ、ファイバーグラスのダッシュボードの下に頭をひっこめた。サムを見上げて、「あなた、あんまりリヴェラみたいには見えないわ」と言った。

「近づくあいだだけごまかせればいい」

　サムはポケットから３５７とＨ＆Ｋを抜き出し、それぞれ太股《ふともも》の下に押しこむと、サイドブレーキを解除してアクセルを踏んだ。カートはゆっくり前進し、数秒で丘の上に達し、空き地へ向かった。サムはアクセルを床まで踏みこみたい衝動を抑えこんだ。

「あと一五メートル」彼はレミにつぶやいた。「まだこっちを見ていない」

残り一〇メートルでヤオトルが顔を上げてカートに気がついた。あとの二人に何事か言う。二人が体の向きを変えた。もう全員の目がカートにそそがれていた。

「まだ反応はない」サムが言った。「しっかりつかまってろ。突入するぞ」

アクセルを踏みこむとカートがぐんと加速し、最後の五、六メートルをまたたく間に踏破した。ブレーキを踏みこんでサイドブレーキをロック。ハンドルから手を放して両方の銃をつかみ、三人の前に躍り出る。柱のナトリウム灯の光がぎりぎり届かない場所だ。銃を両方持ち上げた。

「こんばんは、みなさん」

「おまえ……」と、ヤオトルが言った。

「おまえたち、だ」と、サムは訂正した。

無言でカートから立ち上がったレミが合流すると、サムが三人に告げた。「妙なまねはするな。なにも変わったことはない。三人の男が突っ立っているだけだ。にこやかにしていろよ、みんな」

離着陸場は屋敷の屋根の〈ビッグ・アイズ〉で監視されていると思ったほうがいい。サムとレミはそう判断していた。疑いの芽を摘むため、出発の準備がととのうまで、ヤオトルたちにはそのまま武器を持たせておく必要があった。

「レミ、あの照明をなんとかできないか、調べてくれ」

光の端に踏みこまないよう注意しながら、レミは前に進み出て柱を調べた。「スイッチはないけど、地面からケーブルが続いているわ。ふつうの一一〇ボルトみたい」

「ありがたい、オカフォルのやつ、手を抜いてくれたな」と、サムが言った。二二〇ボルトだと感電死の可能性が高いが、一一〇ボルトならびりっと痛みが走るだけですむ。「見られずにヘリまでたどり着けるか？」

「たぶんね。すぐ戻るわ」

レミは道路を引き返し、体をかがめて離着陸場のそばの茂みにもぐりこんだ。三十秒くらいで反対側に出て、ヘリコプターを盾にしながら、全速力で操縦席の扉に向かう。彼女は操縦士をH&Kで脅し、来たコースを戻ってサムの元へ帰り着いた。操縦士は青いつなぎの作業服を着た、背の低い黒人だった。顔に純粋な恐怖の表情が浮かんでいる。

レミが言った。「木箱はヘリのなかで、ストラップでしっかり固定されてたわ」

ヤオトルがサムにたずねた。「リヴェラはどこだ？」

見張りの男が手を動かし、ＡＫ‐74をこっそり肩からはずそうとした。サムが銃を持ち上げ、頭に狙いをつけた。「やめろ」と言い、それからスワヒリ語で「ウシファンイェ・ヒヴヨ！」と付け足した。見張りが動きを止めて、手を下ろす。

「レミ、こいつら、頼んでいいか？」

「まかせて」

サムは一歩下がって、操縦士についてこいと身ぶりで示した。「名前は？」

「ジンガロ」

「オカフォルの操縦士だな」

「そうだ」

「英語がうまいな」

「ミッションスクールに通っていた」

「ヘリコプターでおれたちを運んでもらいたい」

「それはできない」

「いや、できる」

「そんなことをしたら、オカフォルに殺される」

「お昼寝中だ」

「しなかったら、おれが殺す」

「あいつの殺しかたはちがう。もしかしたら、家族も殺される。頼むよ、おれはただの操縦士だ。こんどの一件とは関係ない。ほら、銃を持っていないだろう。ヘリコプターを操縦するだけの人間だ」

「家族の話は嘘だろう？」

「ちがう、本当だ。残念だが、協力はできない。オカフォルのことは好きじゃないが、選択の余地はないんだ」

サムはジンガロの目をじっと見て、嘘はついていないと判断した。「ヘリコプターだが、飛ぶ準備はできているのか？」

「ああ。あんた、操縦できるのか？」

サムは肩をすくめた。「このタイプだと、できるのは離陸と空中停止《ホバリング》と着陸くらいだな」

ジンガロはすこしためらってから、こう言った。「このヘリにはホバーカプラーがついている。ダッシュボードのいちばん右端だ。〝H‐V‐C‐P〟というラベルが貼ってある。一定の高度に来たら自動的にホバリングしてくれる。それと、方向舵ペダルは重い。おれの好みでな。そのほうが過剰反応が起きにくいんだ。ペダルを踏むのを怖がるな。対気速度は一〇〇ノット以下に抑えろ。そうすれば、ずっと操縦しやすくなる」

「ありがとう」

「どういたしまして。さあ、殴れ」

「え？」

「殴れ。裏切ったんじゃないかとオカフォルに疑われたら――」

「わかった。幸運を」

「あんたもな」

サムは腕を引き戻し、操縦士の鼻面に手のひらを叩きつけた。骨が折れるほどではなかったが、たちまち鼻血が噴き出てきた。操縦士は後ろへよろめき、仰向けで大の字になった。

「動くな！」と、サムが吠えた。「そのまま！　レミ、そこから〈ビッグ・アイズ〉が見えるか？」

彼女は背中に手を伸ばし、リュックの横ポケットからから双眼鏡を抜き出して屋敷の屋根に向けた。「見える。いま南を向いてるわ。ゆっくりこっちに回ってくる。あと三十秒くらいで離着陸場が視界に入る」

サムは見張りの男を見た。「ウナズングムザ・キイングゲレザ?」とスワヒリ語で言った。英語は話せるか?

「英語、ちょっと」

サムは男のベルトの鞘に収まっているマチェーテを指差し、「キス。ブワガ・ク」と言った。刃物。捨てろ。サムは自分の足もとを指差し、「早く」と怒鳴った。彼は男はマチェーテを抜いてサムのほうに放り投げ、それをサムが拾い上げた。彼は三人に向かって言った。「いいか、こういう段取りだ、おまえたち。みんなでヘリコプターまで歩いていく。おれたちが前、おまえたちは横一列ですこし後ろをついてこい」

「なぜだ?」と、ヤオトルがたずねた。

「誰か発砲してきた場合、おまえたちを盾にするのさ。ヤオトル、ほかの二人にちゃんと理解させろ」

「逃げ切れや――」

「しないかもしれないが、精いっぱいの努力はするさ」

「いやと言ったら?」こんどはノチトリがたずねた。

「最初に撃つのは鐘を運んできた男、つまり、おまえだ」

ヤオトルが言った。「撃つわけない。撃ったら、たちまち残りの警備員が駆けつける」

「かもしれないが、おまえたちはそれを見られない」サムは一歩前に進み出て、357の銃口をヤオトルの胸に向けた。「うちのヴィラに泊まったときのことを覚えているか?」

「ああ」

「あそこでは、おまえをまともに扱った」

「ああ」

「しかし、それもここまでだ」サムはヤオトルの額の高さに357を持ち上げ、その点を強調した。「証拠が欲しいか?」

ヤオトルは首を横に振った。

「あとの二人に計画を理解させろ」

ヤオトルはまずノチトリに、そのあと片言のスワヒリ語で見張りの男に通訳した。二人ともうなずいた。ヤオトルが言った。「どこへ行く気だ、ミスター・ファーゴ? 操縦の方法を知ってるなら、操縦士と話をしたりしなかったはずだ。いまあきらめて降伏すれば――」

サムが途中で割りこんだ。「『魔島』（映画《ホラー》）みたいな話はもう充分だ。ここでおさらばする。鐘はもらっていくよ」

「鐘……命と引き換えにしてもいいくらい大事なのか、あれが？」

レミが大声で言った。「罪もない観光客を九人殺すくらい、あれは大事なものなの？　サム、時間稼ぎに乗っちゃだめ」

サムはうなずいた。「こいつらから目を離すな。カートが消えてなくなるよう手段を講じてくる。ヤオトル、ブーツのひもをはずして、よこせ」

ヤオトルは体をかがめて靴ひもをはずし、丸めて前に放り投げた。サムはそれを拾い、ゴルフカートに歩み寄った。三十秒後、靴ひも一本でハンドルが固定された。サイドブレーキを解除し、バンパーを腕でかかえ、カートを押して丘のてっぺんを越えると、あとは自然と下へ転がりだした。しばらくするとカートは暗闇のなかに見えなくなった。サムはクッシュマンにも同じことをして、レミの横に戻ってきた。

「準備はいいか？」と、彼はたずねた。

「相対的な言葉ね、それは」

「照明が消えたときの反応の速さがわからないから、迅速にいこう」

照明灯に向かって回ってくる屋根の〈ビッグ・アイズ〉をサムは見つめた。レミが彼を止めた。「待って、サム」と言い、そのあとヤオトルたちに「ヘリコプターのほうを向きなさい」と命じた。彼らはしたがった。「上を向いて、光を見つめなさい」ふたたび彼らはしたがった。彼女はサムに、「暗闇での視力を奪うためよ」と言った。

サムが微笑んだ。「そういうところも愛しているよ」

屋根の〈ビッグ・アイズ〉が南西を向くのを双眼鏡で確かめてから、サムは大股に進み出て、照明灯のそばにひざを突き、息を吸って、マチェーテの刃を送電線に叩きつけた。シュー―ッ、パチパチッと火花のシャワーが飛び散った。サムが思わず手を引っこめる。照明が消えた。

レミが「だいじょうぶ？」と訊いた。

「ああ、ちょっとびっくりしたけどな。よし、行こう」

時計回りと反時計回りで別々に歩いて、最後に三人と向きあった。「こっちに向かって歩いてこい」と、サムが命じた。

とつぜんの暗闇に視力を奪われたヤオトルたちは目をしばたたかせ、頭を振りながら歩きはじめた。レミが先に立ち、サムがH＆Kの狙いをつけたまま後ろに下がり、みんなでヘリコプターのほうへ向かった。

「あと五メートル」レミが告げた。そして、「三メートル」

サムが足を止めた。「ストップ。広がれ」と命じ、レミに「飛行前の点検をしてくる」と言った。

「こいつらはまかせて」

サムはキャビンにリュックを投げこみ、操縦席の扉を開けて乗りこんだ。ペンライトで操縦装置と計器類をざっと調べる。ユーロコプターの目のくらみそうなオプション機器の数々を無視し、必要不可欠な装置にだけ神経を集中した。三十秒後、必要なものが見つかった。

バッテリーのスイッチを入れる。室内灯がともり、コントロール・パネルが輝いた。次に燃料ポンプのスイッチを入れ、補助動力のスイッチを入れると、タービンの準備が始まった。しばらくヒューンといったあと動きだす。ローターが回転しはじめた。最初はゆっくりだが、回転速度計《RPM》の針が上がるにつれて速くなってきた。

窓から身をのりだして、「銃を集めろ」とレミに指示を出す。

レミが命令を伝えると、一人ずつ前に進み出て、ヘリコプターの貨物室に武器を投げこんだ。レミは手で合図を出して、ローターの半径外へ男たちを下がらせた。

コクピットでローターのＲＰＭが一〇〇パーセントになった。「別れのときが来た！」サムがレミに叫んだ。

「歓迎よ！」と彼女は叫び返し、ヘリに乗りこんだ。片方の目で男たちを牽制しながら、武器を隔壁の安全ハーネスに押しこむ。

「何かにつかまれ」と、サムが大声で言った。

彼女は自由なほうの手をハーネスに巻きつけた。「完了！」

サムは脚の間のサイクリックレバーと横のコレクティブピッチレバーを試し、最後にアンチトルクのフットペダルを感触がつかめるまでテストした。コレクティブを操作するとヘリコプターはゆっくり離陸した。サイクリックを試して、ヘリコプターをまず左へ、次に右へ動かし、そのあと機首を上下させる。

レミが叫んだ。「サム、大変！」

「どうした？」

「右を見て！」

サムは横の窓からちらっと外を見た。目に飛びこんできたものがなにかを理解できるまで二、三秒かかった。ヤオトルたちが離着陸場に散開し、石で引かれた境界線を黒い長方形のものが乗り越えて、ヘリコプターに向かっていた。クッシュマンだ。青白い月光のなかに、ハンドルにおおいかぶさっているリヴェラの姿が見えた。

「お昼寝の時間が終わったのよ！」と、レミが大声で言った。

「何か忘れてるような気がしていた！」サムが叫んだ。「キーだ！」

制御装置に注意を戻し、コレクティブで高度を上げた。サイクリックを急いで右へ傾け、方向舵ペダルを押す。ヘリコプターは右に傾き、尾部《テール》がくるっと回った。過補正だ。ヘリコプターはすとんと落下し、離着陸場にバウンドして、ふたたび上昇した。サムは危険を承知でもういちど横の窓からさっと外を見た。

一〇メートルくらい離れたところをクッシュマンがぐんぐん迫っていた。片側で誰かが――ノチトリか――離着陸場を猛然と横切り、クッシュマンの荷台に飛びこんだ。

「減速させろ！」サムが大声で指示した。「エンジンをねらえ！　でかいほうの標的を！」

ヘリの後部からレミのＡＫ‐74が火を噴き、クッシュマン前方の地面に的確な三連発を放ったが、成果はなかった。標的を切り替える。カートの前部に撃ちこむと、バンパーガードに当たって火花が散り、ファイバーグラスがずたずたに裂けた。エンジン区画から蒸気が噴き出す。動きがぎくしゃくして速度が落ちはじめたが、カートはヘリコプターの下に入って視界から消えた。

高度を上げようと、サムがコレクティブを引き上げた。

「もう見えない！」と、レミが大声で言った。

サムは横の窓から外を見て、そのあと反対側を見た。「どこに――」

いきなりヘリコプターががくんと傾き、開いたままの横扉が地面を向いた。レミはずるっと足をとられ、扉のほうへすべりはじめた。とっさにＡＫ‐74を握った手を放し、安全ベルトをつかむ。ライフルがデッキをすべって鐘の木箱に跳ね返り、扉口から消えた。

「ＡＫが落ちた！」と、レミが叫んだ。次の瞬間、開いた扉に人の手が現われ、デッキに手がかりを探し求めた。ノチトリの頭が上がってきた。「お客さんも到着よ！」

サムが肩越しにさっと振り返った。「蹴飛ばせ！」

「ええっ？」

「指を砕け！」

レミが足を後ろに引いて思いきり蹴り出すと、かかとが小指に激突した。ノチトリは悲鳴をあげたが、手は放さない。うなり声を発して懸垂で上半身をデッキに引き上げ、木箱のひもに手を伸ばした。レミが足を引いて二撃目を放つ。

下から続けざまに三度乾いた音がした。銃弾がキャビンの扉口にビシッとめりこむ。

「サム！」

「聞こえてる！　しっかりつかまっていろ。そいつを振り落としてみる！」

サムはヘリコプターをぐっと左へ傾け、両側の窓から外を見て、銃撃がどこから来ているのか突き止めようとした。右下にリヴェラがいた。レミの落としたＡＫ－74を肩に押し当て、クッシュマンの荷台に立っている。銃口がオレンジ色にひらめいた。コクピットの助手席側の窓が蜘蛛の巣状にひび割れた。サイクリックをもういちどシフトし、離着陸場の端にある木々に向かってそのまま左へ滑空する。さらにコレクティブを引き上げて、高度を上げた。

キャビンでは、レミがまた足を後ろに引いて、かかとでノチトリの太股を蹴りつけた。ノチトリはうめき声をあげて顔からデッキに激突し、鼻が折れた。レミが安全ハーネスに片手をからめたまま、もう片方の手を頭上に伸ばして武器を探る。

サムは左を見た。樹冠の暗い輪郭が窓に迫ってくる。銃弾のひとつが助手席のヘッドレストをずたずたに裂き、サムのあごのそばをビュンと通り過ぎて風防を突き抜けた。うーっとうめき、コレクティブを引き上げたが、間に合わなかった。木の枝がヘリコプターの腹部をこする。「がんばれ、しっかりしろ……」と、彼はつぶやいた。「レミ！――」

「取りこみ中！」

一本の枝にヘリコプターの尾部支材《テールブーム》が引っかかり、ヘリが独楽《こま》のように時計回りに回転した。コクピットに警告音が鳴りはじめる。ダッシュボードに赤色とオレンジ色のランプがひらめいた。サムはサイクリックとコレクティブで修正に努めた。

枝がコクピットの窓をたたく。

レミの手がＡＫの台尻に触れた。つかんで引くと、ハーネスからすっとはずれた。そこでまた止まった。後ろに首を伸ばすと、ＡＫの前側がストラップに引っかかっている。扉口ではノチトリが手で床を押して体勢を立てなおしはじめていた。扉口の端に片ひざをかけ、レミのほうへ体を引き上げてくる。レミの手がＡＫの台尻をはずれ、指が金属の筒のようなものに触れた――拳銃の銃身だ。つかんで、ハーネスから引き抜く。ノチトリの自由なほうの手がレミの足首をつかんだ。レミは歯を食いしばり、バックハンド・ブローの要領で銃を振った。握りがノチトリのあごの横を直撃。頭が横へ跳ねて、目がぐるりと回った。ひざを突いたまま一瞬ぐらっと体が揺れ、そのまま後ろに傾いて扉口から消えた。

彼女はサムに呼びかけた。「片づいたわよ！」

「だいじょうぶか？」

彼女は大きく二、三度空気をのみこみ、「シェイクしてステアされたけど、まだ無事よ！」と答えた。ジェイムズ・ボンドの決め台詞をもじって。

ヘリの胴体が銃弾を浴びた。サムはキャノピーに開いた穴を見て、サイクリックと方向舵ペダルで機首をしかるべき方向に向け、さらに機首をすこし下げて、コレクティブを引き上げた。木がアルミを引っかくかん高い音がし、ヘリコプターは前へのめるようにして障害物をクリアした。コレクティブを下げると、機体が木の高さより下がった。斜面の五メートルくらい上空で停止して周囲を見まわし、ジンガロの言っていたH‐V‐C‐Pを探してスイッチを入れる。機体はわずかに震えて横にすべったが、やがてしっかり停止した。警告音とライトの点滅が消える。サムはおそるおそる操縦装置から手を放し、ふーっと息をついた。後ろでレミが横歩きで近づいて、扉を閉めた。ローターの轟音がやわらぐ。

サムは座席で体を回し、すきまに手を伸ばした。レミがその手をつかんで、自分を彼のほうに引き寄せた。「だいじょうぶか？」と、サムがたずねた。

「ええ。あなたは？」

彼もうなずいた。「さあ、おさらばしよう。これ以上長居すると嫌われそうだからな」

20

大スクティ島

島の南岸を通過したあたりで、リヴェラの銃撃がもたらしたのは表面的な破損だけでないことに気がついた。方向舵ペダルはスポンジのようで、コレクティブとサイクリックも反応が鈍く、命令から反応まですこし遅れが出る。

「どう思う?」レミが座席と座席の間に顔を押しつけてたずねた。

「油圧系、かもな」サムは計器類を見渡し、油圧と温度と毎分回転数を探した。

「エンジンもすこし熱くなっているし、油圧は怪しそうだ」

「ということは?」

「お先真っ暗」

「浜辺までの距離はどれくらい？」

「四、五キロってとこだな」

「リヴェラがあきらめることはないと思ったほうがいいわね」

「だろうな。誰かに連絡するか、そいつらの反応がどのくらい速いかが問題だ」

「あるいは、どのくらい早くリンカーを立てなおせるかね」

「そのとおりだ。ちょっと待ってくれ、この娘《こ》を落ち着かせられるかどうか確かめてみる」

サムは慎重に操縦装置を操作した。高度と速度を両方落とし、水上三〇メートルを六〇ノット——およそ時速一一〇キロ——で進む。眼下の海は波もなく穏やかで、ヘリコプターのストロボライトが映っているところ以外は真っ黒だ。

「サム、向こうは照明を追跡できるんじゃないの？」と、レミが言った。

「照明の有無に関係なく、〈ビッグ・アイズ〉で追跡しているよ。浜を越えたらスイッチを切る。陸を背にすれば見えなくなる」

「追ってくるわよ」

「まちがいない」—彼は計器類をさっと見渡した。「エンジンの温度はすこし下がった。それでも、油圧はまだ怪しいな。制御装置の反応もまだ鈍い」

「じゃあ、油圧系ね」

「ほかはともかくな。油圧系のどこかがまずいことになっている。必要なのはあと四分くらいなんだが」

「墜落せずに着陸することもね」と、レミが言い添えた。

「それもだ」

風防の向こうでアフリカの東海岸が、暗い染みから識別可能な陸の塊にすこしずつ変わってきた。木々、白砂のビーチ、うねるように起伏する丘、そして、この一帯をジグザグに横断している川や小川。

浜辺から一キロくらい手前で、握ったサイクリックレバーががくんと動き、頭上からドシン、バタンと音がした。コクピットとキャビンが震えはじめる。かん高い警告音が続いた。赤と黄色のランプが点滅する。

「ちょっと不吉」レミが引きつった笑みを浮かべて言った。

「ちょっとだけな」と、サムが同意した。「どこかにつかまっていろ。がたつくぞ」

コレクティブを引き上げ、機首を下げて、速度を八〇ノットまで上げた。機体の下を砂州が通り過ぎ、次に浜辺が過ぎ、そのあと森林の黒みがかった緑色が近づいてくるのが風防から見えた。前に手を伸ばし、航法ストロボのスイッチを切る。

「前方の川岸に大きな砂州がある」サムは大声で言った。「鐘だが、なんとかなりそうか？」

「〝なんとかなる〟の定義は？」

「扉から押し出せることだ」

「それなら、だいじょうぶ。どういう段取り？」

「空中に停止する。きみと銃とリュックと鐘を砂州に落とす」

「あなたは？」

「川に着水する」

「なんですって？　だめよ、サム――」

「きみも言ったじゃないか。やつらは追ってくる。ヘリをうまく捨てられたら、どこから探せばいいかわからなくなるだろう」

「できるの？」

「ローターをすぐに止められたらな」

「また〝もし〟なの」レミが返した。「わたし、〝もし〟が嫌いになってきた」

「当分はこれが最後だ」

「うーん。前にもそのセリフ、聞いたわよ」

「着地したら、まわりでいちばん太い木の幹を見つけて、後ろに隠れろ。ヘリがひっくり返る前にローターが止まらなかったら、ちぎれた金属の塊が降ってくる」

「ひっくり返る？　それって、どういう——」

「ヘリコプターは頭が重い。水面に触れたら、たちまちひっくり返る」

「それはちょっと——」

「砂州が来る。準備しろ！」

「まったく、腹立たしい人。わかってる、そのこと？」

「わかってるさ」

レミは小声で半分悪態をつぶやいてから、体の向きを変え、木箱を固定している歯止め《ラチェット》を解除した。横歩きで箱を回りこみ、隔壁に背中をつけて、デッキの木箱に足を定め、ぐっと押すと、箱は扉にぶつかった。

「準備完了」と、彼女は叫んだ。

サムは対気速度と高度を落とした。砂州の一〇メートル上空まで下降し、一五ノットでゆっくり進む。機体がぐらついた。不吉なことに、さきほどからのドシン、バタンという音が三秒置きになり、機首から尾部まで全体が震えていた。

「まずくなるいっぽうよ」と、レミが言った。

「もうすこしだ」

サムはヘリコプターの高度をいちどに三〇センチくらい、徐々に落としていった。

「距離の確認を頼む」と、サムが言った。

レミはキャビンの扉を半分開いて頭を突き出した。「五メートル……四……三……」

「いけるか？」サムがたずねた。

「体操をしてたのは遠い昔だけど、三メートルなら目隠ししてても朝飯前よ」

サムはホバーカプラーのスイッチを入れた。操縦装置から両手を放す。ヘリコプターはがくんと傾き、機体を震わせて少々高度を落としたが、そこで安定した。

「よし、行け！」サムが叫んだ。「下りて無事だったら、手を振ってくれ」

レミは背中を丸めて前に進み、座席と座席の間に頭を突き入れて彼にキスすると、「幸運を」と言って、また戻っていき、扉を最後まで押し開けた。

「すべり止め《スキッド》にぶつからないよう気をつけろ」と、サムが言った。

レミは木箱に肩を押し当て、大きく息を吸って、ぐっと押した。木箱は扉口から転落して見えなくなった。次に銃が落下した。レミは最後にいちどちらっとサムを見て、外に飛び出した。十秒後、砂州のずっと先にいる彼女が見えた。彼女は親指をぐっと突き上げ、全速力で暗闇のなかへ消えていった。

サムは六十まで数えて、レミに盾を探す時間を与え、それからコレクティブをつかんだ。ホバーカプラーを解除し、サイクリックレバーをつかむ。機首をわずかに下げ、ローターブレードのピッチ角をゆるめて砂州を横断し、川の上に来た。川幅も水深も目的にかないそうなところにたどり着くと、機首を上げて、コレクティブでホバリングに持っていく。

最後にいちど周囲を見まわした。いったん水に浸かると内部は真っ暗になる。視覚基準点がなくなるから、脱出する際は、手探りでいくしかない。シートベルトのはずしかたを確認して、キャビンの扉の掛け金を調べ、心の目で行動をおさらいした。

すこしだけコレクティブを下げると、ヘリコプターが下降した。扉の窓に顔を押しつける。スキッドが水面から一・五メートルくらいになった。ここまでだ。これ以上近づくと、ちょっとしたことで惨事になりかねない。

「鬼が出るか、蛇が出るか」と、サムはつぶやいた。

サイクリックレバーを放してエンジンを切り、コレクティブをストップに入れてブレードの回転をゆるめ、ふたたびコレクティブをつかんだ。すとん。はらわたが喉まで飛び上がる。大きな音をたててヘリコプターが水面を打った。シートベルトに支えられたまま体が前に投げ出される。機体が右に傾いた。コレクティブ！と心でつぶやき、左へぐっと押す。すぐに反応した。すでにブレードはしっかり傾いていて、ローターアセンブリーがサムの命令どおり左に傾き、ヘリコプターの重心をずらしてくれた。風防に水が勢いよく打ち寄せる。最初は横から、そのあとヘリコプターが傾くと、斜めから。サムはあごを胸につけて、両手でシートベルトをつかみ、歯を食いしばった。

骨を揺るがすような衝撃が走った。目の奥に白い光が炸裂し、それから暗転した。

咳きこんで目を覚ました。喉に水が詰まっていた。頭をぐっと後ろにそらし、もういちど口から水を吐いて目をこじ開けた。真っ暗でなにも見えず、一瞬うろたえた。それを抑えて必死に息を吸う。腕を伸ばして指を伸ばすと、やがて硬いものに触れた。サイクリックレバーの先だ。引力で頭は左に引かれていた。機体が横倒しになっているのだ。川はヘリコプターが完全に転覆するほど深くなかったらしい。これは朗報だ。悪い知らせもあった。後ろのキャビンに水が勢いよく流れこむ音がしている。もう水は顔まで来ていた。

「動け、サム」と、彼はつぶやいた。

右腕を上に伸ばして助手席を手探りしていくと、指が安全ベルトを見つけた。掛け金をかけて、左手を水に浸し、自分を縛っている拘束具の解除ボタンをこぶしで打った。横に落ちたが、右手を持ち上げて左手とつなげ、懸垂の要領で水面から体を持ち上げていくと、キャビンとコクピットを隔てるすきまにひざが届いた。足の指を突き出し、すきまから脚を押し出して、完全に体を伸ばすと、足がキャビンの隔壁に触れた。拘束具を放し、キャビンに体をすべりこませる。背中を丸めて立つと、水は胸くらいだった。腕を上に伸ばしてキャビンの扉に触れ、指先で輪郭をたどった。継ぎ目から水がほとばしっている。ドアラッチを見つけ、すこし下に押してみた。いけそうだ。

「深呼吸」と、サムは自分に命じた。

肺いっぱいに空気を吸い、ラッチを押し下げて扉を引き開けた。水がものすごい勢いで顔にぶつかってきた。後ろによろけ、水没する。キャビンの壁まで波に押されるにまかせ、その勢いを利用して脚をたたんだ。水圧が弱くなった。足を蹴って、腕を体の前に広げ、両手で扉の枠をつかんで押し、足を蹴る——。

頭が水面を突き破った。

「サム！」と声がした。レミの声だ。

目を開けて、水中で体の向きを変え、自分の位置を確かめようとした。

「サム！」と、またレミが叫んだ。

もういちど体の向きを変えると、レミが岸の上に立って手を振っていた。

「――よ！」と、彼女が怒鳴った。

「なんだって？」

「ワニよ！　泳いで！」

必死に泳いだ。エネルギーの最後のひとしずくをそそぎこみ、全力で岸へ。砂に触れ、ひざ立ちになり、立ち上がってよろよろ前に進み、レミの腕に抱きかかえられた。いっしょに砂をのろのろ上がり、平らな地面に着いたところでくずおれた。

「ワニのことを忘れてた」二分くらいしてサムが言った。

「わたしもよ。五〇メートルくらい上流の浅瀬にいたの。この騒ぎで目を覚ましたにちがいないわ。だいじょうぶ？　骨折したりしていない？」

「と思う。首尾はどうだった？」

レミが川の真ん中を指差した。そこに目を凝らしたが、何秒かしてようやく焦点が合った。目に見えるヘリコプターの残骸は、水面から一五センチくらい突き出ているローターブレードの、木の枝のような破片だけだった。

「あとは水中に沈んじゃった」

「計画どおりだ」と言って、サムは弱々しい笑みを浮かべた。

「計画どおり?」

「願ったとおりだ、鐘は?」

「木にちょっとひびが入ったくらいで、箱はびっくりするくらいしっかりしているわ。リュックと銃は回収しておいた。お客さんが来たときのために、隠れる場所を見つけましょう」

21

引きずった跡をつけて怪しまれないよう、木箱は落とした場所に置いてきた。狙ったわけではなかったが、落ちたのは理想的な場所だった。干上がった小川の、岸に近いところだ。雑木で箱をおおい、ひとかたまりの葉っぱで通った跡を目立たなくして、後ろ歩きで砂州から足場の確かな地面へ、それから雑木林へ移動した。林に入って三〇メートルくらいのところに、倒木に囲まれた三×三メートルくらいのくぼみがあった。木箱だけでなく、開けた地面を浜辺まで見晴らすことができる。

ライフルの銃口で探って蛇や地面を這っている虫を追い払い、この隠れ処に落ち着いた。客人が来ないか、サムが油断なく見張るあいだに、レミがリュックの中身を確かめた。「ジップロックに感謝の手紙を送るのを忘れてたら、教えてね」と、彼女は言った。「濡れてるものはほとんどないわ。衛星電話もだいじょうぶみたい」

「バッテリーの寿命は？」

「一回の電話には充分ね。ひょっとしたら、二回でも」

サムは腕時計を確かめた。時刻は午前二時を回ったところだ。「エド・ミッチェルの申し出に甘えるときかもしれない」と言うと、レミがミッチェルの名刺をリュックから取り出して手渡した。サムがダイヤルする。

四回目の呼び出し音でミッチェルのがらがら声が答えた。「はい」

「エド、サム・ファーゴです」

「ええ？」

「サム・ファーゴです——二日前にマフィア島へ送ってもらった」

「ああ、あのときの……おい……いったい、いま何時だ？」

「二時ごろかな。あまり時間がない。救出が必要なんだ」

「久しぶりに聞く言葉だな。まずい状況なのか？」

「かもしれない」

「いまどこだ？」

「大スクティ島の真西、七キロくらいの本土にいる」とサムは答え、この一帯の説明をした。

「よく動きまわるな」ミッチェルが言った。「ちょっと待ってろ」

紙のカサカサいう音がして、そのあと静かになった。ミッチェルの声が戻ってきた。「ワニ地獄のどまんなかだってことはわかっているか?」

「わかっている」

「固定翼機じゃ行けない。ヘリを使う必要がある。そうなると、ちょっと手間がかかる」

「手間に見合うことはさせてもらう」

「わかってる。心配してるのはそこじゃない。たぶん着くのは、日が昇ってからになる。それまで持ちこたえられるか?」

「頑張るしかない」と、サムは言った。

「おれがそっちへ行ったとき、撃ってくるやつはいるか?」

「いないという保証はない」

十秒くらい沈黙があり、そのあとミッチェルが含み笑いをした。「ははは、なんてこった。人生は果敢に冒険するもので、さもなくばなんの意味もない(ヘレン・ケラーの名言)か」

これを聞いてサムも笑った。「いや、まったくだ」

「わかった、頭をひっこめて目立たないようにしていろ。夜明けとともに駆けつける。着陸地帯《LZ》に別のヘリがいるといけないから、青い煙を投げよう。こっちを撃たずにすむように」

サムは通話を切った。横からレミが、「はい、飲んで」と言った。

サムは体を回して水筒からごくごく飲み、ビーフジャーキーをひと切れ受け取った。そして、ミッチェルと交わした話を語って聞かせた。「うちのクリスマス・ギフトの生涯リストに入れなくちゃ。それじゃ、あと四、五時間でこっちに来てくれるのね」と、レミが言った。

「うまくいけば」

ふたりは何分か無言でじっくり考えた。サムが腕時計を見た。「島を出てから四十分になる」

「まさか、あいつら――」

サムが片手を上げて制した。レミは黙った。しばらくして、彼女が「聞こえるわ。ふたつ。沖合ね」と言った。

サムがうなずいた。「聞き分けづらいが、リンカーの音のような気がする。そう思っておいたほうがいい」

「ここはどのくらい内陸なの？」

「四〇〇メートルか、ひょっとしたらもうすこし」

さらに二、三分、耳を澄ませていた。エンジンの音が大きくなり、そのあとぷつんと消えた。「上陸したな」と、サムが言った。

ふたりで武器を確認した。ＡＫ‐74が二挺。一挺はまるまる一弾倉残っているが、もう一挺はレミがクッシュマンに十数発使っている。あとは３５７マグナムと、ヘックラー＆コッホＰ30だ。銃撃戦になったときこれで足りるどうかはわからない。リヴェラたちとの戦いではここまで運に恵まれてきたが、サムもレミもなんの幻想もいだいていなかった。一対一で特殊部隊兵を凌駕できる可能性は低い。

「ちょっとくつろごう」と、サムが言った。

「外から見えないようにもしないとね」と、レミが言い添えた。

腐りかけた丸太の下にリュックを押しこんで黒土をかぶせると、自分たちにも土をかぶせ、浜からの接近がどっちからも見えるよう、頭と頭をくっつけるかたちで寝た。サムは顔をおおう泥をレミにひと握り渡して、自分の顔にも塗りつけた。

「約束してほしいことがあるの、サム」と、泥を塗りつけながらレミが言った。

「モーヴェンピックのスイートかい？」と、彼は推測した。

「いま言おうとしてたのは、温かいシャワーと豪華な朝食だけど、スイートの申し出があってから一覧表を作っていてね……」

丸太のすきまから、三〇〇メートルくらい東に染みのような小さな光が見えた。気がついたのはレミだ。サムの肩をたたき、口の動きで〝懐中電灯〟と伝えて指差した。懐中電灯の持ち主が内陸に向かってゆっくり進んでくるあいだ、光は宙をただよい、木々の向こうで消えたり現われたりした。

「リヴェラのことで、これだけは言える」サムがささやいた。「あの男は骨をくわえた犬のようだ。決して目標を手放そうとしない」

「たぶん向こうも同じことを言ってるわ。もっと露骨な言葉でしょうけど。向こうの白目が見えるまで待つ気？」

「いや、指を重ねて幸運を祈るのさ。こっちへやってくるのさえごめんだ」

「来ないわけがある？」

「アフリカでは、暗闇と森は猛獣と同義語だしな」

「いまのは聞かないほうがよかったかも」

「すまん」きっかけの合図をもらったように、遠くのどこかで大型のネコ科動物が喉の奥からしぼり出す声が聞こえた。この声はふたりとも聞いたことがある。ただし、サファリ施設か山荘《ロッジ》の安全な場所からだ。屋外にふたりきりの状況で聞くと、背すじが凍る心地がした。

サムがささやいた。「ずっと先だ」

やがて、別の懐中電灯が最初のに合流した。そのあと、三つ目と四つ目も。狩猟団を案内する鳥の追い立て屋のように横一列で進んでくる。やがて、懐中電灯の後ろの姿が見えるくらい近づいてきた。当然のことながら、全員がアサルトライフルで武装しているようだ。

次の五分で砂州まで来た。なかの一人——リヴェラかもしれない——が、話の大半を引き受けている。まず汀《みぎわ》全体を身ぶりで示し、そのあと内陸を示した。岸ぞいと水面に懐中電灯を照らす。水面から突き出たヘリコプターのブレードを光が二度かすめた気がしたが、なんの反応も起こらなかった。とつぜん、一人が川の向こうを指差した。ほぼ一斉に全員がライフルを肩からはずした。

「牙のあるお友だちを見つけたのね」と、レミがささやいた。

四人は武器を持ち上げて構え、低木の茂みまで砂州を戻った。また一分くらい相談し、それから二手に分かれた。二人組の片方は川の下流に向かい、もう片方が上流に向かった。後者をサムとレミは食い入るように見つめた。川は雑木林の北端と接しているから、ふたりの隠れている場所から一五メートル以内まで近づいてくる。

サムがささやいた。「さあ、いまからやつらの覚悟のほどがわかるぞ」

川に潜む別の危険を用心しているらしく、二人の男は岸から安全な距離をとって左から右へ、サムとレミの視野を横切り、川が東へ曲がって雑木林と溶けあうところまで行った。そこで南東に方向転換し、歩きながら木々を懐中電灯で照らしていく。もう二〇メートくらいルしか離れていない。姿がはっきりしてきた。一人は相棒よりはっきりした特長の持ち主だった。背が高くてひょろ長い。兵士特有の無駄のないきびきびとした歩調。イットリ・リヴェラだ。

とつぜんサムの足首の上を鉤爪を持った足が這った。思わず足を蹴った。姿の見えない生き物はかん高い声をあげ、藪を通って急いで走り去った。

リヴェラがぴたりと足を止めて、握りこぶしを持ち上げた。万国の兵士に共通の〝止まれ！〟の合図だ。相棒が足を止め、二人で同じようにゆっくりと片ひざを突いた。懐中電灯を消す。二人とも首を回して目と耳を凝らしはじめた。また懐中電灯がともって、木々の上をかすめていき、ところどころで止まった。リヴェラが肩越しに後ろを振り返り、相棒に身ぶりで何事か伝える。いっしょに立ち上がって向きを変え、木々のなかへゆっくり進み、サムとレミの隠れている場所へまっすぐ向かってきた。

レミがサムの肩に手を置いた。サムが手を持ち上げ、勇気づけるようにぎゅっと握る。

リヴェラと相棒はそのまま進んできた。もう一〇メートルも離れていない。五メートル。三メートル。

彼らは足を止めて左右を確かめ、懐中電灯の光が丸太の間とサムとレミの周囲を探った。小枝が折れる乾いた音。リヴェラが何事か相棒にささやいた。サムとレミは頭上の丸太が五センチくらい沈んだ気がした。丸太の端に一対のブーツの先が見え、懐中電灯の光がくぼみの上を通り抜けた。

長い五秒間が経過した。カチッと音がして、懐中電灯のスイッチが切られた。ブーツが引き戻され、ドシン、ゴツンと、リヴェラが丸太を戻す音が続く。ゆっくりと、足音が遠のいていった。

サムは百数えたあと、すきまから向こうが見えるまでゆっくり頭を持ち上げた。懐中電灯の光のなかに浮かび上がったリヴェラと相棒が木々の外に戻り、砂堆のある南へ向かっていく。サムはもう一分くらい彼らを見つめたあと、首を回してレミの耳に口を寄せた。

「離れていった。引き返してくるかもしれないから、しばらくこのままでいよう」

二十分くらいできるだけぴったり身を寄せて、じっとしていると、最後に遠くから、リンカーのエンジンがうなりをあげて息を吹き返す音がした。

サムが「もうすこしだけ」とささやいた。五分待って、彼は丸太の下から転がり出た。「様子を見てくる」

サムはくぼみから這い出し、姿を消した。そして十分後に戻ってきた。「いなくなった」と言い、レミに手を貸して引っぱり出した。

彼女は大きく息をついた。「あの鐘、これだけの価値がなかったら、許さないから」

「もう二、三時間したら帰れるよ。晴れて自由の身だ」

エド・ミッチェルは、ほぼ約束どおりの時間にやってきた。太陽が森の東に昇りはじめたころ、ヘリコプターのローターがたてる大きな音が聞こえてきた。用心のため、サムとレミは急いで隠れ処に戻り、ローターの音が大きくなってくるあいだ、ときおり外をのぞき見た。西のほうからベル社製の黄色と白のヘリコプターがさーっと浜辺の上空へ来て、内陸方向に向きを変え、川をたどりはじめた。砂州にたどり着くと、操縦士側の扉が開いた。すぐに青い煙が地面をただよいはじめる。

サムとレミはいっしょに転がり出て、立ち上がった。サムが「さあ、帰国だ。準備はいいか?」と言った。レミが首を横に振るのを見て、サムはくっくっと笑った。

「そうだったな。すまない。温かいシャワーと豪華な朝食だった」

一時間後、ベルのヘリコプターはデッキに木箱をしっかり固定したまま、タンザニア本土のラス・クタニ飛行場に着陸した。ミッチェルは小走りでダルエスサラームまで乗って帰る車を取りにいき、そのあいだにサムとレミは衛星電話で、長いあいだお預けになっていたセルマへの電話をかけた。

「どこにいらっしゃったんですか?」調査主任の声がスピーカーからたずねた。

「ずっと電話のそばにいたんですよ」

「それって、あなた流の〝心配してました〟?」と、レミがたずねた。

「そうですよ。さあ、説明してください」

サムはこの二、三日のことを手短に話し、最後に鐘を取り戻したことを伝えた。

セルマはためいきをついた。「その時間は無駄じゃなかったと、前向きなお話ができるといいんですが」

「どういう意味だ?」と、サムが訊いた。

「モートンの博物館から昨日、荷物の第一便が届きました。もろもろといっしょに、日誌のたぐいがありまして――正確に言うと、ブレイロックの日誌らしきものが」

「それは朗報だわ」とレミが言い、そのあと恐るおそる、「よね?」と訊いた。

「たぶん」と、セルマは答えた。「バガモヨのムボゴことウィンストン・ロイド・ブレイロックが精神に異常をきたしていたのは明らか、というわたしの確信がなければですが」

22

カリフォルニア州ラ・ホーヤ、ゴールドフィッシュ・ポイント

サムとレミは疲れきっていたが、帰国と同時にすぐ活動を開始したかったので、空の旅の大半を睡眠と食事に充て、ウィンストン・ブレイロックに関するセルマの発言はできるかぎり頭から追い払うようにした。彼らの調査主任に大げさな話をする癖はない。だから、彼女の疑いは真摯に受け止めていた。それが真実なら、シェナンドアの号鐘を取り戻した努力には暗い影が投げられる。もちろん、それでも歴史的に大きな価値のある鐘だし、内側にあった謎の彫りこみとブレイロックの船に対する執着（船名がオフェリアでもシェナンドアでもエル・マジディでも）は、も

っと深い謎があることを示唆していた――イットリ・リヴェラと、ひょっとしたらメキシコ政府の人間が、観光旅行者九人を殺害したほどの謎が。


約束どおり、ピーター・ジェフコートとウェンディ・コーデンが手荷物引取所でふたりを待っていた。ピーターが機内持ちこみの手荷物を受け取る。「お疲れのようですね」

「二日前のぼくらを見てほしかったな」と、サムが答えた。

「なにがあったんですか？」ウェンディが身ぶりで、サムの腫れた頬骨とテープの巻かれた指を示した。後者にはきちんと絆創膏が巻かれていたが、頬骨の裂傷は強力接着剤のスーパーグルーで固い皮と化していた――エド・ミッチェルが縫うよりいいと断言して、これで処置したのだ。

「鍋料理《キャセロール》を焦がしたら、レミが激怒してね」とサムが答え、その返礼にレミから軽く腕にパンチを浴びた。

レミがウェンディに、「男はどうしようもない生き物だってこと」と言った。

「帰ってきてくれてよかったです」ピーターが言った。「セルマが髪の毛をかきむしっていて。ぼくから聞いたのは内緒ですよ」

手荷物受取所の回転コンベアが回りはじめ、ピーターはサムとレミの荷物を回収しにいった。

サムがウェンディに、「鐘のことで何か聞いているか？」とたずねた。

「まだ旅路の途中です。そろそろ大西洋を半分渡ったところじゃないですか。うまくいけば明後日には着きます」

「ブレイロックの頭はいかれていたとセルマが考えた理由だが、ちょっとヒントをくれないか？」

ウェンディは首を横に振った。「彼女は三日近く眠らずに、今回の全体像を描き出そうとしています。説明は彼女の口から聞いてください」


サムとレミの自宅兼活動拠点はスペイン様式の四階建てで、総面積は一〇〇〇平方メートルを軽く超えている。オープンフロアで、カエデ材の梁を渡した丸天井があり、一〇《テン》ガロンバケツでウィンデックス（窓拭き洗剤）を買うくらいたくさんの窓と天窓があった。

サムとレミのマスタースイートは最上階にある。三階には来客用のスイートが四室に、リビングとダイニング、そして、絶壁の上に突き出たキッチンと大きな居間があった。二階のジムにはエアロビクスとサーキットトレーニング用の運動器具が並び、スチームバスに、ハイドロワークス社のエンドレス・プール、ロッククライミング用の壁、そしてレミのフェンシング場とサムの柔道場の床には九〇平方メートル近い堅木が張り渡されていた。

地上階にあるサムとレミのオフィスは二〇〇平方メートル近く、その隣にはセルマの仕事場があって、三二インチのシネマ・ディスプレイと一体となったマック・プロのワークステーションが三つに、壁掛け式の三二インチ液晶テレビがふたつある。東側の壁には長さ四メートル、容量五〇〇ガロンの海水の水槽があった。これはセルマの自慢の種で、彼女が学名をすらすら言える七色の魚が満ちている。

もうひとつ、セルマが愛情をそそいでいるものがあった。お茶だ。これにも魚と同等の情熱がそそがれている。収納棚の全域がこのお茶の在庫に捧げられているが、そのなかにはフーセリンとオスマンサスをかけ合わせた珍しいダージリンも含まれていた。彼女の無尽蔵にも見えるエネルギーの源はこれではないかと、サムとレミはにらんでいた。

セルマ・ワンドラシュの見かけは、極端な折衷主義だ。髪は一九六〇年代のボブ、首に鎖つきの角縁眼鏡をかけ、カーキ色のパンツとスニーカーと絞り染めのTシャツがお決まりの服装だ。

サムとレミに言わせると、セルマという人物は常識では測りかねるところがあった。後方支援と調査と情報資源の入手にかけて、彼女の右に出る者はいない。

サムとレミが仕事場に足を踏み入れると、セルマは水槽に身をのりだして、クリップボードに何か書きつけていた。彼女は振り向いてふたりに気づき、指を一本立てて持ち上げ、書きおえると、クリップボードをわきへ置いた。「わたしのセントロピゲ・ロリキュラが元気がないみたいで」と彼女は言い、そのあと「フレーム・エンゼルフィッシュのことですわ」と説明した。

「わたしのお気に入りの一匹よ」と、レミが言った。

セルマは真顔で会釈をした。「お帰りなさい、ミスター・ファーゴ、ミセス・ファーゴ」

サムとレミはファーストネームで呼ぶよう説得する努力を、とうの昔にあきらめていた。

「ただいま」と、サムが返した。

セルマは部屋のまんなかを走っている長い作業台に歩み寄った。表面にはカエデ材が使われている。サムとレミはセルマの向かいのスツールに腰かけた。台の上には、ブレイロックの大きな杖が長々と横たわっていた。

「お元気そうですね」と、セルマは言った。

「ピートとウェンディの意見はちがったが」

「わたしが想像したおふたりのここ二、三日の様子と、いまの状態を比べての話です。すべては相対的ですから」

「たしかに」と、レミが言った。「セルマ、行き詰まっているの？」

セルマは考えこむように口をすぼめた。「不完全な情報をお渡ししたくないので」

サムがこう応じた。「きみが不完全と呼ぶものを、ぼくらは謎めいたものと呼び、ぼくらは良質な謎を愛している」

「でしたら、わたしのつかんだ事実は大いにお気に召すでしょう。その前に、ちょっと背景の説明を。ピートとウェンディの助けを借りて、モートンが書いたブレイロックの伝記を解剖し、索引と注釈をつけました。あとでお読みになりたければ、サーバーにPDF形式で保存してありますが、ここでは縮約版を」と、セルマはマニラ・フォルダーを開いて読み上げはじめた。

「ブレイロックは一八七二年三月、服と銀のかけら二、三個とヘンリーの四四口径ライフル、〝バオバブの木を切り倒せる〟くらい大きな、ブーツに差したボウイー・ナイフと、腰にひもで縛った短剣だけを持って、バガモヨへやってきました」

「モートンにはちょっと独創的なところがあったようね」と、レミが言った。そしてサムを見た。「殺害されたイギリス人観光客の記事を覚えてる？」

「シルヴィー・ラドフォード」と、サムが受けた。

「ダイビング中に彼女がなにを見つけたか、覚えてる？」

サムが微笑んだ。「短剣だ。可能性はおそろしく低いが、もしかしたら、彼女が見つけたのはかつてブレイロックが所有していたものかもしれない。セルマ、あとで……」

調査主任はもうメモを書き留めはじめていた。「調べてみます」

「短剣とボウイー・ナイフはよく混同される。モートンが勘違いをしている可能性もあるからな。すまない、セルマ、先を続けてくれ」

「どうやら、現地の人たちはブレイロックのことを恐れていたようです。たいていの人より三〇センチは背が高く、横幅も大きいうえに、めったに笑顔を見せなかったので。バガモヨ初日の夜、六人の悪党が集まってブレイロックのお金を盗もうと決意します。二人が命を落とし、残りは医者の手当てが必要になりました」

「銃で撃ったのか」と、サム。

「ちがいます。ヘンリーにもボウイーにも短剣にも手はつけていません。素手で戦ったんです。それ以降、彼を煩わせる者はいなくなりました」

「たぶん、それを狙ったんだな」と、サムが応じた。「武器を使わずに六人をそんな目に遭わせたら、強烈な印象を植えつけられる」

「たしかに。一週間とたたないうちに、彼はサファリに来ていたアイルランド人の用心棒をつとめています。一カ月たったころには、ガイドの仕事を始めていた。素手での格闘能力も抜きんでていましたが、ヘンリーの扱いはそれ以上でした。ほかのヨーロッパ人のガイドやハンターが大口径のライフルを使っていたのに対し、ブレイロックは突進してくるケープバッファロー――ムボゴ――を、ヘンリーの一撃で屠《ほふ》ってのけたんです。

到着からおよそ二カ月後、ブレイロックはマラリアにかかって六週間くらい死の境をさまよい、二人の愛人――バガモヨで働いていたマサイ族の女たち――の看護を受けて健康を取り戻しました。モートンはあまりはっきり言っていませんが、生死の境をさまよったことが、ブレイロックの頭にちょっと……作用したようです。

マラリアにかかったあと、ブレイロックは〝探求の旅〟と称し、何カ月も続けて姿を消すようになりました。マサイ族と暮らし、妾を持ち、呪術医のところで学び、未開の森林地でひとり暮らしをし、ソロモン王の秘宝や約束の地を探し、オルドヴァイ峡谷で化石を掘り、黄金の杖を見つけるためにマンサ・ムーサの道をたどり……。かの探検家デイヴィッド・リヴィングストンを最初に見つけたのは、じつはブレイロックだったという秘話まであります。モートンの記述によれば、ブレイロックがバガモヨに使者を送って、ヘンリー・モートン・スタンリーに注意をうながしたのだとか。その直後にこの二人はタンガニーカ湖で、かの有名な『リヴィングストン博士でいらっしゃいますか』の瞬間にまみえています」

「つまり、モートンの話を信じるなら」レミが言った。「ウィンストン・ロイド・ブレイロックは十九世紀のインディアナ・ジョーンズだったわけね」

サムが微笑んだ。「ハンターと探検家と英雄と神秘主義者とカサノヴァと不死身の救世主がひとつになった人物だ。しかし、これはすべてモートンの伝記に書かれていたことなんだな？」

「そのとおりです」

「ところで、モートンという名前は、そのヘンリー・モートン・スタンリーにちなんでつけられたと考えていいのかな？」

「それも、そのとおりです。それどころか、本の後ろにあった家系図によると、ブレイロック直系の子孫はみんな、なんらかのかたちでアフリカにちなんだ名前をつけられています。地名や歴史や英雄的人物の……」

「この知識が全部伝記から得られたものなら、きみの言っていた日誌はどうなんだ?」と、サムがたずねた。

「わたしが〝日誌〟という言葉を使ったのは、ほかに適当な言葉がなかったからなんです。実際は、いろんなものの寄せ集めでして。日記や、現地調査《フィールド》スケッチブックや……」

「見せてもらえるか?」

「お望みなら。保管所にあります」セルマの仕事場のそばには、温度と湿度を管理した文書保管所《アーカイブ》がある。「保存状態はよくないですね。虫に食われたり染みがついたり、水にやられたページがくっついたりしていて。ピートとウェンディが修復に取り組んでいます。傷んだ部分に取り組みはじめる前に、可能なページは写真に撮ってデジタル化しはじめました。もうひとつ。これはブレイロックの航海日誌の役割も果たしているようなんです」

「なんですって?」レミが訊き返した。

「シェナンドアやエル・マジディにはまったく言及していませんが、記述の多くから、彼が長期にわたって断続的に航海に出ていたことは明白です。ただ、オフェリアの名前はたびたび出てきます」

「どんな文脈で？」

「オフェリアは彼の妻でした」


「あの男が執着したのも、それで説明がつくな」と、サムが言った。「シェナンドアを改名しただけではあきたらず、鐘にオフェリアの名前まで彫りこんだ」

「オフェリアが非アフリカ名なのは明らかだから」レミが言った。「アメリカにいた妻の名前にちがいないわ」

セルマがうなずいた。「伝記には、彼女についての言及がありません。日誌にも彼女に関する詳細はまったく語られていない。そこかしこに断片的な小さな情報があるだけで。単に彼女を恋しく思っていただけなのか、それだけでないのかはわかりませんが、彼女のことが心を離れたことはなかった」

「日誌に日付は？」と、サムがたずねた。「モートンの伝記とつき合わせられるようなのは？」

「どちらも使われているのは月と年だけです。日誌にはごくまれにしか出てきません。照合を試みていますが、いまのところ一致するものはありません。たとえば、せっかく伝記にコンゴを歩いて旅していた時期が出てきたのに、日誌ではその時期に海にいたりするんです。作業はまだ遅々としてはかどりません」

「どこか納得がいかない」と、サムが言った。

「ひとつだけ?」と、レミが返した。「わたしのリストはもっと長いわよ」

「ぼくのもさ。ただ、航海日誌というのは引っかかる。ブレイロックがシェナンドアで、つまりエル・マジディで航海に出ていたかもしれないと考えたら、矛盾が生じるんだ。いろんな話を総合したところでは、ザンジバルのスルタンが一八六六年にシェナンドアを買い取ったあと、この船は一八七二年か一八七九年に破壊されるまで錨を下ろして放置されていたも同様だった。船がいなくなったら、誰か気がつきそうなものだろう」

「いい指摘です」とセルマが言い、メモを書きつけた。「好奇心をそそられる点がもうひとつ。スルタンのマジド国王は一八七〇年に死亡し、彼の弟で激しい競争相手だったサイイド・バルガシュ・ビン・サイードが王位を継承しました。自動的にその弟がエル・マジディの所有者になった。サイイドがなぜ船の名前を変えなかったのか、不思議がっている歴史家たちもいます。船をずっと手放さなかったことはもちろんですが」

さらにサムが言った。「シェナンドア／エル・マジディの年表をまとめてくれないか？　そのほうが状況を可視化しやすくなる」

セルマは電話の受話器を上げて、アーカイブの番号をダイヤルした。「ウェンディ、シェナンドア／エル・マジディの出来事をざっと年表にまとめてくれない？ありがとう」

「ブレイロックのアフリカ到着以前の人生についても、もっと調べる必要があるわ」と、レミが言った。

「それにも取り組んでいます」と、セルマが言った。「力になってもらえそうな昔からの友人に連絡をとりました」

ウェンディがアーカイブから出てきて、彼らに微笑み、指を立てて〝ちょっとお待ちを〟のしぐさをし、ワークステーションに腰をおろした。彼女は五分ほどキーをたたいてから、「そちらのディスプレイに送ります」と言った。

セルマがリモコンで新しい図表を見つけた。

＊一八六六年三月：シェナンドア、ザンジバルのスルタンに売却される。

＊一八六六年十一月：シェナンドア、ザンジバルに到着、エル・マジディと改名。
＊一八六六年十一月～一八七〇年十月：エル・マジディ、投錨されたままほとんどの時間を過ごしたか、ときおり商船として航海に出たか。
＊一八七〇年十月：初代スルタン死去。弟の治世が始まる。
＊一八七〇年十月～一八七二年四月：エル・マジディ、投錨されていたと推定される。
＊一八七二年四月：エル・マジディ、ハリケーンで破損。修理のためボンベイに送られる。
＊一八七二年七月：エル・マジディがザンジバルに戻る途中で沈没したとの説あり。
＊一八七二年七月～一八七九年十一月：七年間の空白。処遇不明。
＊一八七九年十一月：エル・マジディがボンベイに向かう途中、ソコトラ島の近くで沈没したとの説あり。

サムが言った。「船の沈没に関して、信憑性はありそうだが相矛盾する二種類の報告があり、エル・マジディは七年以上所在不明になっている。セルマ、ブレイロックの日誌でいちばん古い日付は？」

「わかっているかぎりでは、一八七二年の八月、アフリカに到着して五カ月くらいたったころです。わたしたちの時系列では、エル・マジディが沈没したという最初の報告があって〝失われた年月〟が始まった一カ月後ですね」

「失われた七年」レミが言った。「そのあいだ、どこにいたの、あの船は？」

メキシコ・シティ、メキシコ

ラ・ホーヤから二四〇〇キロ南では、イツトリ・リヴェラがガルサ大統領の待合室にすわっていた。呼び出しを待って一時間になる。

ガルサの秘書をしているあどけない目をした二十代前半の女が、自分の机でタイプを打っていた。つややかな黒髪とくびれた腰の持ち主だ。人差し指をキーボードの上にさまよわせては、ときおりキーを打っている。顔に浮かんでいるのは困惑の表情だ。まるでマスター級の数独《すうどく》を解こうとしているかのように、とリヴェラは思った。雇用決定の過程で事務能力は優先されなかったらしい。

時間つぶしになればと願いつつ、ガルサはこの女にもメシーカの名前に変えるよう命じたのだろうか、と考えた。だとしたら、どんな名前だろう？　きっかけの合図が出たかのように、女の机のインターコムからガルサ大統領の声が流れ、リヴェラの疑問に答えてくれた。

「チャルチウイトル、ミスター・リヴェラを部屋に通してくれないか？」

「かしこまりました」

秘書はリヴェラに微笑みかけ、滑稽なくらい長い爪のひとつでドアを示した。

「あの――」

「聞こえたよ、ありがとう」

リヴェラは絨毯を横切って両開きの扉を押し通り、ぴたりと閉めた。ガルサの机にすたすたと向かい、半分気をつけの姿勢で足を止めた。

「かけなさい」と、ガルサが命じた。

リヴェラは腰かけた。

「きみの報告を読んでいた」ガルサは言った。「何か付け加えることは？」

「ありません」

「差し支えなければ、わたしに話をまとめさせてくれ……」

「どうぞ」

「いまのは社交辞令だ、イットリ。きみと手下は何日か前に、例のトレジャーハンター……あのファーゴ夫妻にしてやられたあとだからな……。ようやく鐘を手中に収め、オカフォルの島に運び入れておきながら、自分たちの鼻先であれを奪われた」

リヴェラはうなずいた。

「彼らは鐘を盗み返しただけではない。四百万ドルしたオカフォルのヘリコプターまで盗んでいった」

「そして、わたしは部下を一人失いました。ノチトリがヘリコプターから落ちて首を折りましたので」

ガルサ大統領は素っ気なく手を振り、話をさえぎった。「ファーゴたちがそもそもなぜヘリコプターに乗りこめたのか、きみは明言を避けていたな。詳しく説明してくれないか？　そのとき、きみはどこにいたんだ？」

リヴェラはこほんと咳ばらいし、座席で居心地悪そうに体の位置を変えた。「気を……失っていました」

「なんだと？」

「オカフォルのヨットで、あの男、サム・ファーゴの襲撃を受けて。不意打ちを食らったのです。あの男は武術の訓練を積んでいるようで」

「なるほど」ガルサは椅子を回して窓の外を見つめた。机の吸い取り紙にしばらくリズミカルに指先を打ち当てて、そのあとこう言った。「彼らにあきらめる気はないと考えなければな。そのほうがこっちには好都合かもしれないが。話どおりの利口なやつらなら、われわれが捜索ずみの地域をかならずひとつは訪れるだろう」

「同感です」

「きみの窓口に働きかけろ——入国管理局の職員、空港の従業員、ファーゴたちが現われたとき注意をうながしてくれる者たちに」

「承知しました。アンタナナリヴ（マダガスカルの首都）から始めましょう。あの、ほかには？」

ガルサは自分の部下をじっと見つめた。「つまり、きみの失敗に対し、何か懲らしめがあるのではないかという意味か？」

「はい」

ガルサは乾いた含み笑いをした。「なにを予想しているんだ、イットリ？　もしや、映画の一シーンみたいなことか？　握りに真珠のついたリボルバーをわたしが抜いて、きみを撃つとでも？　それとも、きみの足下で落とし戸が開くとでも？」

リヴェラは微笑を浮かべた。

ガルサの表情が冷たくなった。「現時点で、まだきみはこの仕事に最適の男だ。つまり、わたしに手に入る最高の男ということだ。いまから、わたしの信頼が無駄でないことを証明してきてもらいたい。理想を言えば、その結果ファーゴ夫妻が命を落とすことも含めてだ」

「承知しました、大統領閣下、感謝します」

「帰る前にもうひとつ。葬式の手はずをととのえたい」

「ノチトリの」リヴェラが言った。「承知しました、すぐ――」

「いや、そうではない、もう一人の男――ヤオトルだ。彼とその妻が、けさ自動車事故で亡くなったようなのでな」

リヴェラの首の後ろで毛が逆立った。「なんですって？」

「悲しい話だろう。制御が利かなくなって、崖から転落したらしい。二人とも即死だ」

「あの二人には子どもがいました。五歳の子が」

問題を検討しているかのように、ガルサは口をすぼめた。「ああ、女の子か。彼女は無事だ。そのときは学校にいたのでな。新しい家を見つけてやらねばなるまい。その面倒も引き受けてくれるか？」

「お引き受けします、大統領閣下」

23

ワシントンDC、国会図書館

ウィンストン・ブレイロックのアフリカ到着以前の人生。それを探る最初の手がかりは、セルマの昔からの友人で、セルマが去ったあと国会図書館特別蔵書部を引き継いだジュリアン・セヴァーソンからやってきた。

セヴァーソンはジェファーソン・ビルの二丁目側にある研究者用入口でサムとレミを出迎えた。図書館のキャンパスを構成するあとふたつの建物、アダムズとマディソンは、それぞれ一ブロック東と南にある。

握手を交わしたあとセヴァーソンは、「お越しいただいて光栄です、ミスター・

ファーゴ、ミセス・ファーゴ――」

「サムとレミで」と、レミが言った。

「すばらしい。わたしのことはジュリアンと呼んでください。もうずっと前からおふたりのファンなんです。ご存じないかもしれませんが、おふたりの冒険は歴史への興味を大きくかきたてます。特に子どもたちの間に」

「ありがとう、ジュリアン」と、サムが答えた。

首ひもをつけたラミネート加工のバッジを、セヴァーソンが手渡す。「利用者識別カードです」と、彼女は肩をすくめて笑顔で説明した。「すべてCSP、つまり蔵書安全計画の一環でして。9・11以降、規約が厳重になったんです」

「わかります」

「では、ご案内しましょう」彼らは歩きはじめた。「こちらにいらっしゃるあいだ、わたしがお手伝いさせていただき……」

「ご親切は嬉しいんですが」レミが言った。「お手間を取らせたくありません」

「なにをおっしゃるの。わたしがいなくても図書館は円滑に運営されるんです。何かあっても、助手が対応しますし」セヴァーソンは大理石の階段を上がり、サムとレミはあとをついていった。「この図書館のことはよくご存じですか？」

「何度か訪ねていますけど、研究調査のために来たことはいちどもないんです、信じられないかもしれないけど」と、レミが返答した。

サムとレミにとっては、施設を見て回るだけで息をのむような体験だった。アメリカ最古の連邦施設である国会図書館《LOC》は一八〇〇年の設立で、一八一四年までは国会議事堂内にあったが、その年、イギリス軍が建物に火をつけ、中核的蔵書三千冊を破壊した。一年後、国会は投票によってLOCの再建を決定し、六千冊を所蔵するトマス・ジェファーソンの個人図書館を買い取った。

以来、図書館の蔵書は大幅に増加した。本と印刷物合わせて三千三百万点、録音三百万点、写真千二百五十万枚、地図五百三十万点、楽譜六百万点、原稿六千三百万点など、（五百近い言語にのぼる）合計およそ一億四千五百万点が、全長一二〇〇キロの書棚に収められている。

「図書館というより大聖堂に近い気がするくらい」レミが言った。「この建築には……」

「畏敬の念をかきたてられる？」と、セヴァーソンが受けた。

「まさしくそのとおりだわ。大理石の床と柱、アーチ、丸天井、手工芸品」

セヴァーソンが微笑んだ。「たしかセルマがいちど、ここのことを〝一部大聖堂、一部博物館、一部ギャラリー、おまけで図書館がちょっと投げこまれた施設〟と言ってた気がします。一八一五年の国会議員の頭のなかでは、壮大さが最優先だったんじゃないかしら。イギリスに全部破壊されたあとだけに、再建中は〝目にもの見せてやる〟的な意識があったものと想像します」

「前よりもっと大きく、もっとすばらしく、もっと壮麗に。建築で〝鼻に親指を当てて残りの指をひらひらさせるあざけりのしぐさ〟をしたってとこかしら」と、レミが言った。

セヴァーソンは声をあげて笑った。

「大閲覧室に行くんですか？」と、サムがたずねた。

「いえ、行くのは二階——稀書・特別蔵書室です。大閲覧室は地元の小学校のツアーが来ていまして。今日のあそこは、ちょっと騒がしいでしょうから」

彼らは239という数字が記されたドアにたどり着き、そこを通り抜けた。「作業台をお使いになるなら、わたしはワークステーションのほうで。年月を重ねるにつれてうちの目録もどんどん使い勝手はよくなっていますけど、わたしが調べたほうが早いかもしれませんから。

さてと、セルマがメールで文書を送ってくれたので、多少の背景はわかっています。ウィンストン・ロイド・ブレイロック。妻のオフェリア。ブレイロックは一八七二年三月以前、アメリカ合衆国にいたと考えられている人ですね。ほかには？」

「大まかな身体的特徴はわかっています」と、レミが言った。

「あらゆる情報が参考になります」

「身長一九〇センチで、体重は一一〇キロを超えていた」

「四四口径のヘンリー・ライフルも携えていた」と、サムが言い添えた。「ぼくの知るかぎり、あまり一般的なものじゃなかったはずだ」

「たしかに、ウィンチェスターやレミントンやスプリングフィールドほどには。南北戦争中、ヘンリーは標準支給ではなかったけれど、北軍兵の多くが自腹で一挺手に入れていました。でも、偵察兵や襲撃隊や特殊部隊には支給されていたんです。弾を十六発込められ、鍛えられた兵士なら一分間に二十八発撃てました。当時のあれは、手持ち式マシンガンに限りなく近いものだったんです。ブレイロックはその扱いに慣れていたんでしょうか？」

「情報源によれば、射撃の名手だった」

セヴァーソンはうなずいてキーをたたきはじめた。そのあと五分くらい、キーボードのパシャパシャいう音とセヴァーソンが発する「刺激的だわ」とか「興味深い」という声を除いては静まり返っていた。最後に彼女が顔を上げた。

「ここに兵役記録があります。国立公文書館のマイクロフィッシュをコピーしたものですが。情報源はふたつ。ひとつはＣＭＳＲ、つまり軍編纂兵役記録。もうひとつは出版物Ｍ５９４とＭ８６１――北軍と南軍の〝志願兵軍役記録〟です」

「ブレイロックという名前は？」

「五十九ありました。ヘンリー・ライフルを携えていたのであれば、北軍のリストから始めましょう」セヴァーソンはまたキーをたたきはじめた。「問題は、摘要の多くにはファーストネーム、ミドルネームのイニシャルと名字しか記載されていない点ですね。Ｗ・ブレイロックがいくつかに、Ｗ・Ｌ・ブレイロックがふたつ。最初の人には添付記録があります。医療記録ですね。おふたりのブレイロックに、傷跡は？」

「ぼくらの知るかぎりではなかった」

セヴァーソンは微笑んで画面をタップした。自分の発見に興奮しているのがありありだった。「アンティータムの戦いの戦闘中に野戦病院で右脚を切断しています。だったら、切り捨てていいわね。あら、ごめんなさい、軽率だったかしら？」

「かまわない」サムが言った。「セルマと同じ、調査を愛する心の持ち主なんだね。

それには慣れているから」

「よかった。それじゃ、もう一人のほうを。うーん、これは興味深いわ。このブレイロックは一八六三年九月に北軍から離脱していますが、理由が記載されていません。移送されたとも負傷したとも書かれていない。離脱としか」

「どういう意味かしら?」と、レミがたずねた。

「なんとも言えません。摘要のほかに何か見つからないか調べてみます」


十五分後、セヴァーソンはふたたびワークステーションから顔を上げた。「あった! 完全な兵役記録よ。あなたたちの探している人かもしれません。ウィリアム・リンド・ブレイロック」

「似ているな」サムが言った。「それも限りなく」

「身体的な特徴も近いですね。身長一九〇センチ、体重九五キロ」

「退役後に二〇キロ近く増えてもおかしくないし」と、レミが言った。

セヴァーソンが眉をひそめていた。「記録の一部が欠落してるわ。最初のころどんな訓練を受け、どの部隊に任命され、どの階級に昇進し、どんな軍事作戦に従事したか、それとその評価——そのあたりは記載されているの。なのに、一八六二年から先の任命については、どれも〝補助的任務〟としか記載されていない」

「それって、すごくジェイムズ・ボンド的」と、レミが言った。

「あたらずといえども遠からずよ」と、セヴァーソンが返した。「南北戦争期の記録で〝補助的軍務〟といえば、ゲリラ部隊と結びつくのが通例だから。つまり、今日で言う特殊部隊です」

サムが言った。「騎兵連隊ルーダン・レンジャー部隊、クアントリルの襲撃隊《レイダーズ》、カンザスのジェイホーカー・ゲリラ部隊……」

セヴァーソンがうなずいた。「そのとおり。いまの記録と、このブレイロックという人が一八六三年に北軍から謎の離脱をしていることを組み合わせると、あなたたちが探しているのは、兵士から諜報員に転じた人物と思われます」

セヴァーソンはワークステーションでキーをたたき、メモをとって、ときおり進捗状況をサムとレミに伝え、そうするうちに午後はじりじり過ぎていった。午後四時、セヴァーソンが手を止めて腕時計を見た。「まあ、時間が過ぎるのはなんて早いの。もうすぐ閉館時間だわ。だったら、ここにいなくちゃいけない理由はないわね。ホテルに戻って夕食になさったら？　何か見つかった場合には電話しますから。

おっと、訂正。見つかったときに、でした」

「お願い、ジュリアン、あなたも帰って」レミが言った。「ほかに予定があるはずよ」

「全然。猫の餌はルームメイトがあげてくれるし、夕食はここでちょこちょこっと」

サムが言った。「それでは心苦しい——」

「とんでもない。わたしにとって、この作業はディズニーワールドに行くみたいなものなんですから」

「どこかで聞いたようなセリフね」レミが笑顔で言った。「本当にセルマと血のつながりはないの？」

「わたしたちは秘密結社の仲間なんです。〈図書館戦友団〉の」と、セヴァーソンは答えた。「おふたりとも、帰って。わたしに気のすむまでやらせてください。また連絡しますから」

ワシントンＤＣに滞在するときや立ち寄るときは毎回そうしているが、今回もサムとレミは〈ホテル・モナコ〉のロバート・ミルズ・スイートを予約した。国会図書館を出て二十分後、ふたりの乗ったタクシーは〈モナコ〉の赤い天幕に覆われた階段の前で速度をゆるめた。車が停止すると同時に、ドアマンがドアを開ける。サムとレミは車を降りた。

ホテル・モナコはかつてのアメリカ郵便本局で、現在は国の歴史的建造物に指定されている。十九世紀の建築物が立ち並ぶペン・クォーターという区域にあって、〈ザ・モール〉やスミソニアン・アメリカ美術館やエドガー・フーヴァー・ビルやアメリカ海軍記念碑、美食家たちを長年狂喜させてきた五つ星レストランの数々へも、歩いて行ける距離にあった。

「ようこそ、ミスター・ファーゴ、ミセス・ファーゴ」と、ドアマンが言った。そしてタクシーの後部に歩み寄り、トランクから荷物を回収した。「お荷物はすぐお部屋にお届けします。なかでコンシェルジュが手ぐすね引いていますよ」

十分後には部屋にいた。アフリカでの長い冒険でまだ疲れが残っているふたりは、一時間かるく眠ったあと、シャワーを浴びてディナー用の服に着替え、通りに出た。〈モナコ〉のレストラン〈ポスト・モダン・ブラッスリー〉は建物に組みこまれた車道の入口を通って八丁目の角を曲がったところにある。

ワインリストとメニューをさっと見ただけで、注文は決まった。二〇〇七年のドメーヌ・ド・ラ・キラ・ミュスカデ――ロワール渓谷産で、切れのいいさわやかな酸味が持ち味の白ワイン――と、バジルとミントとパルメザンチーズを添えたルッコラ・サラダ、ムール貝のマスタードとサフランとニンニクのコンフィ白ワイン蒸しだ。モナコ・ホテルでの滞在と同じく、この選択は夫婦のしきたりのようなものだった。

レミがワインを口にした。目を閉じてため息をつく。「告白したいことがあるの、サム。わたし、誰にも負けないくらい冒険を愛しているけど、美味しい料理ときれいなシーツと温かいベッドもいいものだわ」

「ぼくからはなんの異論もない」

レミのｉＰｈｏｎｅの着信音が鳴った。画面を確かめ、わきへやる。「セルマよ。ブレイロックの日誌のなかに、またアステカのシンボルが見つかったのね」

ワシントンへ出発する前にふたりは、アステカ神話のシンボルに似たものがないか、全力を挙げて調べてほしいとセルマに頼んできた。参考用にレミがインターネットから、メキシコ・シティの国立考古学博物館に展示されている重さ二四トンのアステカの暦石、別名〈太陽の石〉の高解像度画像をダウンロードした。

「これで、いまのところ四つね、シンボルは」と、レミが言った。

「まだ目に見えるパターンはないのか？　シンボルのそばに注釈は出てこないのか？」

「全然。ばらばらだそうよ」

「どこかで、きみからアステカの講義を受けなくちゃな」

「そうね。あれくらい複雑な歴史と文化を持つ古代民族はそうそういるもんじゃないわ。一学期まるまる講義を受けても、表面を引っかいたかどうかってくらいの感じなの。どのシンボルにも複数の意味があり、神様にもいろんな属性があって。歴史にまつわる説明のほとんどがスペイン寄りなのも、あまり好都合とは言えないわ」

「勝者が歴史を書く」

「悲しいけど、そのとおりよ」

サムはワインを口にした。「リヴェラと雇い主は同じようにブレイロックに取り憑かれているものと考えるべきだろうな——百四十年前の人物にもかかわらず。理由はぼくに訊かないでくれよ。ただ、アステカの方向が偶然の一致とは思えないんだ。それとも、近視眼的に過ぎるだろうか？」

「ちがうと思うわ、サム。ブレイロックと船と鐘とリヴェラを結ぶ唯一の共通分母だもの。問題は、二番目と三番目がどこにはまりこむかね」

ウェイターがサラダを持ってきた。

サムが言った。「そもそもリヴェラはなぜシェナンドアに関心を持ったのか、こっちにはまだわかっていない。まったく、それがシェナンドアかどうかさえわかっていないんだ。ブレイロック自身が名づけたオフェリアは別にして、あの船にはほかにふたつ名前があった。シー・キングとエル・マジディだ。なにをだけじゃなく、いつにも取り組まなくちゃならない」

「リヴェラたちはブレイロックに関係のある何かに、たとえば別の日誌とか手紙に出くわしたのだとしたら？　もっとまずくて、セルマの言ったとおり、ブレイロックはマラリアにやられて頭がおかしくなっていて、日誌の取りとめのない記述はまったくの幻想だったとしたら？」

「つまり」サムが言った。「ぼくたちはみんな、無駄骨を折っているだけかもしれないわけだ」

夕食後、ふたりは楔《くさび》形に切られたストロベリーとルバーブのプディングケーキを分けあい、カフェイン抜きのエチオピア・コーヒー二杯で締めくくった。九時前に部屋に戻ると、電話のメッセージ・ランプが点滅していた。

レミが言った。「そう言えば、忘れてた。ジュリアンに携帯の番号を教えてなかったわ」

サムがホテルの留守番電話システムをダイヤルして、スピーカーに切り替えた。

「サム、レミ、ジュリアンです。いま、時刻は八時半くらい。これから在宅勤務に切り替えますけど、明日の朝六時までには図書館に戻ります。八時くらいに立ち寄って。発見があった気がするの」

24

国会図書館

七時四十分に閲覧者入口に着くと、警備員が出迎えて信用証明のチェックをし、二階の特別蔵書室まで付き添ってくれた。ドアを押して通ると、ジュリアン・セヴァーソンはワークステーションでデスクトップの前に突っ伏していた。着ているのは昨日と同じ服だ。

カチッとドアが閉まる音で、彼女はぱっと体を起こして周囲を見まわした。ふたりの姿が目に入り、二、三度急いで目をしばたたかせてから笑顔を浮かべた。「おはよう！」

「ああ、ジュリアン、お願いだから、おうちに帰らなかったなんて言わないで」と、レミが言った。

「帰りかけたのよ。ほんとに帰るつもりだったんだけど、追いかけてた糸が別の糸になって、そこからまた別の糸が伸びてきて……わかるでしょう？」

「わかる」と、サムが返した。「よかったら、スターバックスでヴェンティ・サイズのダークロースト・コーヒーとクリームチーズのベーグルを買ってきた」

彼はそう言って箱を持ち上げた。セヴァーソンの目が大きく見開いた。


セヴァーソンはコーヒー半分とベーグルの大半を飲みこむと、口元をぬぐって髪に指を走らせ、作業台のサムとレミに合流した。「元気が出たわ。ごちそうさま」と、彼女は言った。かたわらに、プリントアウトを詰めこんだマニラ・フォルダーと、びっしりメモに覆われた黄色い法律用箋《リーガルパッド》があった。

「もちろん、ここでの作業が終わる前に、わたしが見つけた資料は全部プリントアウトしますから、いまは大事なところだけ説明しましょう。

いい知らせは、わたしの見つけたものはどれも遠い昔に機密扱いをはずれて公開《オープン》情報《ソース》になっていること。昨夜のうちに個人的な文書庫や大学の蔵書や〈戦争および海軍部〉の文書、財務省検察局《シークレットサービス》の記録、ノンフィクションの書籍や定期刊行物等々で点と点がつながってきて……とにかく、調べられるだけのことをすべて調べた自信があります」

「聞かせてくれ」と、サムが言った。

「まず、わたしが手に入れたブレイロックの写真をお見せしましょう。おふたりのと比べてみてください」と、そばのフォルダーから写真を一枚抜き出し、ふたりのほうへすべらせた。

レミがｉＰｈｏｎｅから、バガモヨの博物館にあったブレイロックの肖像画を呼び出した。セヴァーソンの写真には背が高く肩幅の広い男が写っていた。年は二十歳前後か、北軍将校の制服を着ている。サムとレミは両方を見比べた。

サムが言った。「彼だ。ぼくらのほうが年をとっていて、髪にもすこし白いものが混じっているし、風雨にさらされた感じがするが、これは同一人物だ」

セヴァーソンはうなずいて写真を取り戻した。「おふたりが知っているウィンストン・ロイド・ブレイロックは、じつはウィリアム・リンド・ブレイロックという名前なんです。一八三九年ボストンの生まれで、ふつうより二年早く、十九歳のときに数学の学位を取ってハーヴァード大学を卒業しています——専門は、位相幾何学」

「というと?」レミがたずねた。

サムが答えた。「空間をあつかう数学だ。曲面や、ゆがんだ領域なんかを。メビウスの輪がいい例だ」

「だったら、ブレイロックがフィボナッチの螺旋を好きだったとしても不思議じゃないわね。ごめんなさい、こっちの話よ、ジュリアン。先を続けて」

「卒業から一カ月後、彼は当時の陸軍省に雇われました」

「暗号作成者として」と、レミが予測を口にした。

「当たりです。誰に言わせてもブレイロックは天才でした。神童です」

サムとレミは顔を見合わせた。ブレイロックの日誌にフィボナッチ数列と黄金螺旋に言及している箇所が見つかって、日誌には目に見えないものが隠れているのだろうかと考えていたところだった。つまり、隠れメッセージや暗号が。長年のあいだに、財宝を隠したり追っかけたりする人種について多くを学んできたが、なかでも抜きんでて大きな教訓がひとつあった。人は執着の対象を詮索の目から隠すために膨大な努力をする。それがブレイロックにも当てはまるなら、おそらく彼は自分の知りうる最高の手段を使っただろう。つまり、数学と位相幾何学を。

セヴァーソンが話を続けた。「一八六一年の四月、サムター要塞が攻撃を受けた二、三日後に、ブレイロックは陸軍省の職を辞して、北軍に入隊します。初歩的な訓練を受けたあと少尉になって、たちまち戦闘に投げこまれ、七月と八月でいくつもの戦闘を戦い抜いた。リッチ山の戦い、コリックフォードの戦い、第一次ブル・ランの戦いと。彼は単なる数学オタクじゃないことを証明したようです。中尉に昇進した彼の胸は、勇敢さを称える勲章で鈴なりでした。

翌春、一八六二年にはルーダン・レンジャー部隊に異動し、陸軍大臣のエドウィン・スタントンから直接庇護を受けていたサミュエル・ミーンズの配下に入ります。サム、さっきあなたの話にも出たけど、ルーダン・レンジャーは現代の特殊部隊に相当する部隊でした。小部隊で活動し、敵陣に乗りこみ、自給自足の暮らしを送り、襲撃や破壊工作、情報収集を遂行した人たちです。

一八六四年、レンジャー部隊が正規軍に吸収される直前に、ブレイロックほか二、三人がスタントン大臣からシークレットサービスに誘われます。その二、三カ月後、ブレイロックはウィンストン・ロイド・バブコックの名でイギリスのリヴァプールに現われ、トーマス・ヘインズ・ダドリーという男の配下で諜報活動に従事していました」

サムが言った。「リンカーンがかかえていたスパイ組織の長だ」

「ご存じなの？」と、セヴァーソンが言った。

「彼が主役の本を何冊か読んだことがあってね。たしか、クエーカー教徒だったな。在リヴァプールのアメリカ領事をつとめ、イギリスじゅうにシークレットサービスの諜報網を張り巡らせた」

セヴァーソンが付け加えた。「百人近い諜報員を抱え、大英帝国から南部連合へひそかに流れこんでいた補給物資を阻止しようと、全員が努力を傾けていたんです。南北戦争中、イギリスは表向き中立を保っていたけれど、政府の内外に南部支持者が大勢いた。ブレイロックが最初に割り当てられた任務は、なんだと思います？」

レミが答えた。彼女もサムも話の行間を読んでいた。「南部連合海軍が使っていた商船に合衆国の旗を掲げること」と、彼女は言った。

「またまた当たりです」セヴァーソンが答えた。「具体的には、ブレイロックは対シー・キング・グループを指揮していました。シー・キングはのちに南軍艦《CSS》シェナンドアの名で知られることになる船です」

「イギリスから逃げ出したやつだ」サムが言った。「それだけじゃない。逃げ出したあと、九カ月にわたって北軍の輸送船をさんざん荒らしまわった」

セヴァーソンが話を続けた。「ブレイロックにとって、あの船は個人的にも職業上でも、災いのもとになりました」

「職業上でも?」サムがおうむ返しに言った。「譴責《けんせき》を受けたのか? 解任されたとか?」

「その証拠は見つかっていません。それどころか、まったく逆なんです。トーマス・ヘインズ・ダドリーはブレイロックの熱心な支援者でした。彼については何度も熱烈な評価を書き送っています。財務省検察局長のウィリアム・ウッドに宛てた一八六四年の手紙では、ブレイロックのことを〝雇用の光栄に浴したなかでも指折りの諜報員〟と書いているほどで。ブレイロックはシー・キングを取り逃がした責任を苦にするあまり、仕事に影響が出たのではないでしょうか。彼は二週間後に船でロンドンを発ち、母国に帰りました。帰国した彼は、自分が海にいるうちに妻のオフェリアが亡くなったことを知ります。痛ましくも皮肉な話ですが、彼女は〝モスビーのレンジャー〟の名で知られる南軍ゲリラ部隊の襲撃を受けて、命を落としたのです――ブレイロックがルーダン・レンジャー部隊時代に戦っていた敵部隊の手で」

「なんてことなの」と、レミがつぶやいた。「気の毒に。オフェリアが標的だったの？　モスビーの部隊はブレイロックの妻と知って彼女を探し出したの？」

「ちがうようです。諸説を総合すると、彼女は間の悪いときに間の悪い場所にいただけでした」

「つまり、ブレイロックは面目を失って帰国しただけじゃなく、帰ってみたら愛する人の命が奪われていた」サムが言った。「レミ、彼が心を病んでいたとしても、マラリアは原因の一部にすぎなかったような気がしてきた」

「同感よ。わかるわ、気持ち」

「物事に執着するところはあったかもしれませんが」と、セヴァーソンが付け加えた。「彼が描いた船のスケッチを、セルマがメールで送ってくれました。愛する人の名前を船につける……その愛情は本物です」

レミがたずねた。「ジュリアン、二人に子どもはいたの？」

「いません」

「帰国したあと、なにがあったんだ？」

「お話しできることはあまりないんです。彼の記録はひとつしか見つからなくて。一八六五年、ブレイロックはマサチューセッツ工科大学という新設校に雇われます。数学の教師として市民生活に戻ったんです」

「バガモヨにふたたび現われる、一八七二年の三月まで」

「シェナンドアがザンジバルのスルタンに売られた六年後よ」とレミが言い、そのあと顔をしかめて、「六年のあいだになにが起こっていてもおかしくないわ。ブレイロックの悲しみは怒りに変わっていたかもしれない。自分の監視中にシェナンドアに逃げられ、その過程で妻が亡くなった。本当に頭がおかしくなっていたら、自分が大切なものを失ったのはシェナンドアのせいと考えるようになったかもしれない。飛躍は承知だけど、人間の心は不可思議なものだし」

「そうかもしれません。真実を知るのはブレイロックだけですけど」と、セヴァーソンが言った。「でも、これだけは確かよ。彼は何かの気まぐれでアフリカに行ったわけじゃない。送りこまれたんだと思うんです」

「誰に?」と、サムがたずねた。

「ウィリアム・ベルクナップ陸軍大臣です」


レミとサムはしばらく無言で、いまの情報を頭に取りこんだ。最後にサムが言った。「なぜ、そんなことがわかるんだ?」

「確信があるわけじゃありません」と、セヴァーソンは答えた。「現時点では状況証拠的な推測でしかありません。根拠になったのは、ベルクナップとジョージ・ローブソン海軍大臣とハーマン・ホイットリー財務省検察局長の間で交わされた、私的な書簡です。

ホイットリーは一八七一年十一月、ベルクナップとローブソン両名に宛てた手紙のなかで、受け取ったばかりの情報報告に言及しています。情報の出所は明らかにしていませんが、三つの行がわたしの目を引きました。まず、〝ジム大佐の使徒たちは彼の志を受け継いでいるようだ〟という報告。次に、〝ザンジバルの男はわれわれを愚か者と思っている〟というもの。そして最後が、〝信頼できる情報筋によれば、問題の係留地はたびたび空《から》になっている〟」

レミが言った。「〝ザンジバルの男〟はスルタンのマジド二世かしら」

「そして〝ジム大佐〟は、シェナンドアの船長ジェイムズ・ワッデルのことかもしれない」と、サムが返した。「ホイットリーの言葉の選びかたは興味深いな。〝使徒〟か。英語に精通していない人間があんな地位まで昇進できるわけはない。〝使徒〟は強い信仰の持ち主だ。指導者の手本にならうことに一身を捧げる。空の係留地というのは……」

「スルタンが改名したエル・マジディを、係留していた場所のことかもしれない」

と、レミが言った。

「同感だ」

「もうひとつあります」セヴァーソンが言った。「その数日後に届いた手紙のなかで、ベルクナップとローブソンはどちらもホイットリーに、〝クエーカー教徒の友人〟、つまりトーマス・ヘインズ・ダドリーのところに〝問題の船〟を捜査できる諜報員がいないかと問い合わせています。六週間後にホイットリーから返事が来ました。〝クエーカー教徒の情報源〟によれば、問題の船は目撃されたが係留地にはいなかった。ダルエスサラームにいて――そのまま引用すると――〝帆と蒸気と大砲で完全艤装し、白人の腕のいい船員が乗り組んでいる〟」

サムとレミは十秒ほど無言でいた。最後にサムが口を開いた。「ぼくの思い違いでなければ、ワッデル大佐の〝使徒たち〟が、戦いのためにまたシェナンドアに配備されたんだ」

「クライマックスはこれからよ」と、セヴァーソンが言った。「同じ手紙のなかでホイットリーは、クエーカー教徒、つまりダドリーに、ダルエスサラームの状況を調査する最適の男の派遣を命じたと言っているの」

「ダドリーが誰を最高の諜報員と考えたか、ぼくらは知っている――ブレイロックだ」

「その男が二カ月後、バガモヨに到着する」と、レミが付け加えた。

「筋は通りそうだが、きみ自身も言ってたじゃないか、ジュリアン。現時点ではまだ状況証拠的な推測にすぎないと」

「手紙の目録作りには、もうすこし時間がかかります。そのあいだに力になってくれそうな人物がいるの。おふたりでジョージア州へ出かけませんか？」

アステカの秘密《ひみつ》を暴《あば》け!　上

2011年9月25日　初版第1刷発行

著者　クライブ・カッスラー、グラント・ブラックウッド
訳者　棚橋志行《たなはししこう》
発行者　新田光敏
発行所　ソフトバンク クリエイティブ株式会社
〒106-0032　東京都港区六本木2-4-5
電話 03-5549-1201（営業部）
印刷・製本　中央精版印刷株式会社
デザイン　ヤマグチタカオ
イラスト　久保周史
フォーマット・デザイン　モリサキデザイン
本文組版　アーティザンカンパニー株式会社

ISBN 978-4-7973-6543-6